Edel Marzinek-Späth

MEIN HUND

100 Fragen und Antworten

MEIN HUND

100 Fragen und Antworten

RATGEBER

Die Deutsche Bibliothek – CIP-Einheitsaufnahme

Mein Hund : 100 Fragen und Antworten. – München : F.
Schneider, 1994
(Ratgeber Tier ; 1)
ISBN 3-505-00055-8
NE: GT

Dieses Buch wurde auf chlorfreies, umweltfreundlich hergestelltes Papier gedruckt.

Frankfurter Ring 150, 80807 München

Titelfoto: IFA Bilderteam
Umschlaggestaltung: KMS Team, München
Lektorat: Carola Nowak
Herstellung/Satz: FIBO Lichtsatz GmbH, München
Druck: Presse-Druck, Augsburg
Bindung: Conzella Urban Meister, München-Dornach
ISBN: 3-505-00055-8

INHALT

LIEBE HUNDEFREUNDE!

Keine andere Tierart hat sich dem Menschen so eng angeschlossen wie der Hund. Hunde gehen mit uns buchstäblich durch dick und dünn. Es gibt aber auch immer wieder Probleme im Umgang mit ihnen. Viele davon entstehen durch Nichtwissen, und schon deshalb ist es nie verkehrt, Fragen zu stellen!

Um Hunde zu verstehen, muß man auch etwas über ihre Herkunft wissen. Wie alle Haustiere stammen sie von einem Wildtier ab. Der Urahn aller Hunde ist der Wolf. Er zählt zu den anpassungsfähigsten und intelligentesten Tieren überhaupt und hat ein ausgeprägtes Sozialleben. Der Wolf jagt seine Beutetiere aus einem angeborenen Instinkt heraus – und niemals mehr, als er zum Überleben braucht. All die bösen Eigenschaften, die der Wolf angeblich besitzen soll, sind ihm vom Menschen angedichtet worden!

Alle Hunde sind eng miteinander verwandt, sie bilden eine einzige Tierart – und sind doch sehr verschieden. Das gilt nicht nur für die unterschiedlichen Hunderassen, sondern für jedes einzelne Tier. Jeder Hund für sich ist eine Persönlichkeit, und auch deshalb lernt man über Hunde nie ganz aus!

Wir haben die häufigsten Fragen rund um Hunde gesammelt und in diesem Ratgeber zusammengefaßt. Die Antworten darauf vermitteln Euch viel Wissenswertes über Hunde und sollen Euch helfen, sie besser zu verstehen.

Viel Spaß und viel Freude mit Euren vierbeinigen Freunden wünscht Euch

Edel Marzinek-Späth

HUNDEZUCHT UND HUNDERASSEN

Zum Schicksal von Haustieren gehört es, daß sie sich nicht wie ihre wilden Verwandten frei fortpflanzen können. Statt dessen werden sie gezüchtet. Das heißt, daß der Mensch entscheidet, welche Tiere sich miteinander paaren und Junge haben dürfen. So ist das auch bei den Hunden. Durch die Zuchtauswahl können die vielfältigen Anlagen der Hunde gezielt gefördert oder unterdrückt werden.
Hundezucht wird weltweit betrieben. Dabei nutzt man auch die Vererbungslehre. Sie ist ein wesentlicher Teil der Kynologie, des Wissens vom Hund als Haustier. Dieser Begriff kommt aus dem Griechischen von kynos = Hund und logos = Lehre.
Durch die Zucht entstehen nicht nur neue Rassen, es gehen auch bestehende Rassen oder Schläge, wie beispielsweise verschiedene Färbungen innerhalb einer Rasse wieder verloren.
Viele Hundezüchter haben sich zu Interessengruppen zusammengeschlossen. Eine der größten ist die Internationale Kynologische Vereinigung, kurz FCI (Fédération Cynologique Internationale). Bei ihr sind derzeit rund 340 Rassen und Varietäten (Schläge) eingetragen.

Wo bekomme ich einen Wildhund?

Wenn wir aufs Land ziehen, möchten wir uns einen Hund kaufen. Nun habe ich gehört, daß es auch Wildhunde gibt. Vielleicht würde ein Wildhund gut zu unserem abgelegenen Hof passen. Aber wo bekommt man solche Hunde?

Marja, 11 Jahre

Liebe Marja!

Einen echten Wildhund wirst Du Dir wohl kaum anschaffen können. Wie das Wort schon sagt, sind Wildhunde keine Haustiere. Man rechnet rund 30 verschiedene Tierarten zu den Wildhunden, die alle miteinander verwandt sind: Wölfe, Kojoten, Füchse und Graufüchse, Schakale, Afrikanische Wildhunde und südafrikanische Löffelhunde, Rothunde und Marder- oder Waschbärhunde aus Asien sowie Waldhunde und Mähnenwölfe aus Mittel- und Südamerika. Sie haben im Körperbau und in der Lebensweise vieles gemeinsam.
In Australien lebt meist in freier Wildbahn der Dingo, eine verwilderte Haushundform, die vermutlich von Ureinwanderern vor etwa 40 000 Jahren mitgebracht wurde. Außerdem gibt es freilebende, verwilderte Haushunde, die zwar in der Nähe von Menschen leben, aber „auf eigenen Pfoten" stehen. Meist gehen sie nicht auf Jagd, sondern ernähren sich vor allem von Abfall.
Für das Leben auf Eurem Hof eignen sich diese Tiere alle nicht. Es gibt aber so viele Haushundrassen und -mischungen, daß Du sicher darunter einen Hund findest, der zu Euch paßt!

Der kleinste und der größte Hund

Ich habe selber keinen Hund, aber ich kenne eine Menge Hunde. Was sind denn die kleinsten und die größten Hunde?

Carina, 10 Jahre

Liebe Carina!

Bei allen Rassen sind die Rüden, also die männlichen Tiere, etwas größer als die Hündinnen. Die Maße, die ich Dir hier nenne, gelten jeweils für Rüden.
Als kleinste Rasse gilt der Chihuahua. Typisch für ihn ist der rundliche Apfelkopf. Das ganze Kerlchen hat ausgewachsen eine Schulterhöhe von 15 bis 23 Zentimetern und wiegt meist nur ein bis zwei Kilogramm. Peking-Palasthunde (Pekinesen) gibt es in Größen von 15 bis 25 Zentimetern: Sie wiegen zwischen eineinhalb und etwa fünf Kilogramm. Zu den kleinsten gehört auch der Yorkshire-Terrier mit maximal 22 Zentimetern Schultermaß, nur wenig größer ist der Malteser mit 25 Zentimetern. Beide wiegen um die drei Kilogramm. Der deutsche Reh- oder Zwergpinscher kann 25 bis 30 Zentimeter groß werden und bis zu vier Kilogramm wiegen.
Zu den größten Rassen zählt die deutsche Dogge mit 80 bis 90 Zentimetern Schultermaß und einem Gewicht von 50 bis 80 Kilogramm. Der Irish Wolfshound mißt mindestens 78 Zentimeter, seine Gewichtsklasse beginnt bei 54 Kilogramm. Der Bernhardiner wird etwa 75 Zentimeter groß und wiegt etwa 60 Kilogramm, und der ungarische Komondor kann bis zu 85 Zentimetern heranwachsen und 50 bis 60 Kilogramm wiegen.

Was ist ein Zwinger?

Kürzlich hat mir ein fremder Hundebesitzer erzählt, daß sein Hund aus einem berühmten Zwinger stammt. Aber ein Zwinger ist doch ein Stall für Hunde, warum soll der berühmt sein?

Melanie, 9 Jahre

Liebe Melanie!

Es stimmt schon, daß ein Zwinger eine Hundebehausung ist. Aber als Zwinger bezeichnet man auch eine Hundezucht mit einem eingetragenen Namen. Jemand, der einen solchen Zwinger besitzt und betreibt, ist Züchter. Die Merkmale für einen Zwinger sind zum Beispiel, daß dort regelmäßig Hunde einer anerkannten Rasse gezüchtet werden. Dazu kann der Züchter selber weibliche Tiere und auch eigene Rüden halten. Es ist aber auch möglich, daß ein Privatbesitzer seine Hündin dorthin gibt, wenn sie Nachwuchs erwartet. Sie kann dann dort werfen, also die Jungen – beim Hund nennt man sie Welpen – im Zwinger bekommen.
Der Wurf, das sind alle Welpen aus einer Geburt, wird dann vom Züchter betreut und verkauft. Die „Leih"-Hündin wird an ihren Besitzer zurückgegeben, wenn die Welpen sie nicht mehr brauchen. Leider werden Zuchthündinnen in Zwingern aber oft nur jahrelang ausgenutzt und im Alter abgeschoben oder schlecht behandelt.
Außerdem gibt es noch sogenannte Händlerzwinger, bei denen Welpen der unterschiedlichsten Rassen kurzfristig untergebracht und zum Verkauf angeboten werden.

Wozu braucht man einen Standard?

Flups, unser zweijähriger Rauhhaardackel, stammt von einem Züchter, der ihn nicht mehr haben wollte. Flups entspricht nicht dem Standard, deswegen soll er auch keine Jungen haben. Was bedeutet das eigentlich genau?

Daniel, 12 Jahre

Lieber Daniel!

Unter einem Standard für Hunde versteht man eine genaue Beschreibung der typischen Merkmale einer Hunderasse. Solche Standards gibt es seit dem 19. Jahrhundert. Darin werden allgemeine Angaben über das Äußere, die Fähigkeiten und die Verwendung der Rasse gemacht. Zum Aussehen wird außer dem Gewicht und der Größe im einzelnen beschrieben, welche Form beispielsweise der Kopf, das Gebiß, der Rücken und die Kruppe haben sollen, ob Hängeohren oder Stehohren erwünscht sind, und welche Augenfarbe zugelassen ist. Das geht bis zur Form, Behaarung und Haltung der Rute (das ist der Schwanz des Hundes) und zur Stellung der Gliedmaßen, also der Beine. Natürlich ist auch festgelegt, welche Behaarung und welche Haarfarben die Rasse haben darf. Dazu kommen dann herausragende Wesenszüge wie etwa besondere Wachsamkeit, Sanftheit, Ausdauer, Schärfe oder Schußfestigkeit. Standards werden von den jeweiligen Rassezuchtvereinen aufgestellt und müssen von den großen Dachverbänden genehmigt werden.

Sind Rassehunde wirklich adelig?

Dauernd liest man, daß Rassehunde ein „von“ im Namen haben und adelig sind. Meine Tante hat neulich aber behauptet, daß das mit dem Adel nichts zu tun hat, sondern nur der Name des Züchters ist. Was stimmt denn nun?

Joanna, 12 Jahre

Liebe Joanna!

Jeder Rassehund bekommt einen Namen, an den der Name des Zwingers, also des Zuchtplatzes, angehängt wird. Das ist aber nicht der persönliche Familienname des Züchters, sondern eine von ihm frei erfundene Bezeichnung, ungefähr so wie ein Firmenname. Allerdings muß der Name beim Zuchtverband zugelassen sein und darf nicht verändert werden. Die meisten Zwingernamen fangen mit „vom“ oder „von“ an, und das bedeutet nichts anderes als „aus“ dem Zwinger Soundso. Diese Bezeichnungen sind also wirklich keine Adelsprädikate wie bei uns Menschen.
Eingetragene Hunde bekommen aber ein Abstammungspapier, die sogenannte Ahnentafel. Das ist sozusagen die Geburtsurkunde eines Hundes. Sie enthält unter anderem den vollständigen Namen des betreffenden Hundes, sein Geburtsdatum und sein Geschlecht, die Namen von einem Dutzend oder mehr seiner direkten Vorfahren und die Adresse des Züchters. Der Stammbaum ist das Gegenstück zur Ahnentafel. In ihm werden nicht die Ahnen, sondern die Nachkommen des betreffenden Hundes aufgeführt.

Was macht man auf einer Ausstellung?

Nächsten Monat ist bei uns eine große Ausstellung für Rassehunde. Ich darf mit meinen Eltern hingehen. Können Sie mir schon mal schreiben, was da eigentlich gemacht wird?

Jessica, 9 Jahre

Liebe Jessica!

Das Wichtigste an einer solchen Ausstellung ist, daß die Hunde von Richtern bewertet werden und Noten bekommen – fast so wie Du in der Schule. Es gibt auch verschiedene Klassen, beispielsweise für junge Hunde, für erwachsene Hunde und sogar für „Senioren", immer nach dem Geschlecht getrennt. Nur wird hier natürlich nicht Lesen und Rechnen geprüft, sondern das Aussehen der Hunde nach ihrer Rasse wird bewertet, ihre Haltung und Bewegung, aber auch ihre Gesundheit. Manchmal gibt es Hunde, die zu dick sind oder denen ein Zahn fehlt, die bekommen dann schlechte Noten oder überhaupt keine Bewertung. Hunde, die beste Merkmale ihrer Rasse haben, erhalten oft die Note „vorzüglich". Ein Hund, der auf verschiedenen Ausstellungen sehr gute Noten gesammelt hat, kann wie ein Sportler einen Titel bekommen. Zum Beispiel „Schönheits-Champion". Das Interessantere für Dich werden aber wohl die verschiedenen Hunderassen sein, die Du auf einer solchen Ausstellung zu sehen bekommst. Außerdem gibt es meist Vorführungen, beispielsweise von Such- und Spürhunden, und viele Verkaufsstände, die etwas für oder über Hunde anbieten.

Sind Mischlinge robuster als Rassehunde?

Meine Eltern streiten noch darüber, ob wir einen Rassehund oder einen Mischling anschaffen sollen. Stimmt es, daß Mischlingshunde nicht so empfindlich sind wie reinrassige Hunde?

Annette, 12 Jahre

Liebe Annette!

Generell kann man das nicht sagen. Richtig ist, daß bei manchen Rassen bestimmte Krankheiten oder Mißbildungen besonders häufig vorkommen. Leider werden manchmal Tiere zur Zucht verwendet, die eine Veranlagung zu Defekten haben und sie an ihre Nachkommen weitergeben. Der Grund kann sein, daß bei der Zucht nur auf Schönheit oder auf besonders erwünschte Wesenseigenschaften oder Fähigkeiten geachtet wird.
Aber auch Mischlinge haben irgendwelche Rassen in ihrem Blut, sie sind gemischt- oder vielrassig. Je „bunter" die Mischung, um so unsicherer ist, welche Anteile der einzelnen Rassen durchschlagen. Es kann durchaus sein, daß dann hauptsächlich positive Eigenschaften vererbt werden, etwa eine robuste Gesundheit, Intelligenz und ein schönes Fell. Ebenso kann es aber auch passieren, daß Mängel sich anhäufen, zum Beispiel extreme Ängstlichkeit oder Aggressivität, schlechte Körperproportionen und eine besondere Anfälligkeit für Krankheiten.
Man kann also nicht rein aus Gesundheitsgründen grundsätzlich mehr zu Mischlingen als zu Rassehunden raten.

Wie entsteht eine neue Rasse?

Meine Freundin hat einen Eurasier. Er ist mittelgroß, hat einen kräftigen Kopf und Stehohren. Sein Fell ist ziemlich dicht und graubraun gefärbt. Meine Freundin sagt, das sei die jüngste Rasse bei uns. Wie entsteht überhaupt eine neue Rasse? Und gibt es noch andere neue Rassen?

Christian, 15 Jahre

Lieber Christian!

Der Eurasier besteht als Rasse offiziell seit 1960. Ein Züchter wollte eine besonders anpassungsfähige, familienfreundliche Hunderasse schaffen. Er kreuzte eine Deutsche Wolfsspitz-Hündin mit einem Chow-Chow-Rüden. Die Nachkommen wurden mit verschiedenen asiatischen Spitzen vermischt, bis der heutige Eurasier herauskam. Von einer Rasse kann man allerdings erst dann reden, wenn es mehrere Generationen des gleichen Hundetyps gibt. Erst dann wird die Rasse auch von den Zuchtverbänden anerkannt.
Zu den jüngeren deutschen Hunderassen gehört auch der Kromfohrländer, ein kleinerer Hund von etwa 40 Zentimetern Schultermaß. Er hat ein weißbraun geflecktes Fell und Stehohren. Es gibt ihn seit 1954. Ausgangsrassen waren eine Fox-Terrier-Hündin und ein französischer Griffon-Rüde. Gerade „im Kommen" ist der Elo, eine Neuzüchtung aus Eurasier, Chow-Chow und Bobtail. Mal sehen, ob wirklich eine neue Rasse daraus wird.

Welchen Namen darf ich meinem Hund geben?

Demnächst bekomme ich einen eigenen kleinen Hund. Jetzt habe ich gehört, daß ich ihm nicht selber einen Namen geben kann, sondern daß er einen bekommt, den ich nicht ändern darf. Warum denn das? Ich habe mir doch schon ein paar ganz tolle Namen ausgedacht!

Barbara, 11 Jahre

Liebe Barbara!

Vermutlich bekommst du einen Welpen von einem Züchter. Rassehunde erhalten tatsächlich Namen, die offiziell gelten und im Geburtsschein eingetragen werden. Sie bestehen aus drei Teilen, nämlich dem persönlichen Namen, dem Namen des Zwingers und einer Zuchtbuchnummer. Meist erhalten alle Welpen aus einem Wurf Vornamen, die mit dem gleichen Buchstaben anfangen. Der Anfangsbuchstabe deutet dann an, aus dem wievielten Wurf einer bestimmten Hündin die Welpen stammen. A steht für den ersten Wurf, B für den zweiten und so weiter.
Trotzdem kannst Du Dir einen Rufnamen für Deinen Hund selber aussuchen! Praktisch sind Namen mit zwei Silben, weil der Hund sie sich leicht merken kann. Er muß ja selber erst einmal lernen, daß man ihn meint, wenn man ihn beim Namen ruft.
Überleg Dir aber gut, welchen Namen aus Deiner Auswahl Du nehmen willst. Du mußt unbedingt bei dem ausgewählten Namen bleiben, sonst verwirrst Du Deinen Hund.

Wann ist ein Hund ausgewachsen?

Wir haben einen braunen Neufundländer, der Sascha heißt. Er ist jetzt zehn Monate alt und schon ziemlich groß. Aber der Tierarzt sagt, daß er noch nicht ausgewachsen ist. Wie lange wächst Sascha noch?

Svenja, 12 Jahre

Liebe Svenja!

Obwohl die meisten Hunde bereits mit sechs bis zehn Monaten Nachwuchs bekommen können, sind sie in diesem Alter größtenteils noch nicht ausgewachsen. Je größer eine Rasse, um so länger braucht sie für ihre Entwicklung.
Das Größenwachstum ist je nach Rasse mit zehn bis fünfzehn Monaten abgeschlossen. Ausgewachsen ist ein Hund aber auch dann noch nicht ganz. Der Knochenbau und die inneren Organe entwickeln sich noch, und der Hund wächst noch in die Breite und in die Länge. Das heißt, daß seine Brust noch breiter und tiefer, sein Rücken etwas länger wird. Auch die Muskulatur wird noch stärker.
Voll ausgewachsen sind Hunde erst zwischen einem und zwei Jahren. Bei den kleinen Rassen geht das Erwachsenwerden in der Regel am schnellsten. Bei Mischlingen weiß man nie, wie weit sie in ihrer Entwicklung sind – man muß einfach abwarten. Richtig erwachsen ist ein Hund aber erst dann, wenn auch seine Persönlichkeit ausgereift ist.

Wie alt können Hunde werden?

Wir haben einen Zwergdackel, der gerade zehn Jahre alt geworden ist. Mein Vater meint, daß Mücke jetzt ein richtiges „Alterchen" sei. Sie hat auch bereits viele weiße Haare im Gesicht. Aber sie ist noch ganz lebhaft. Wie alt kann sie werden?

Beate, 13 Jahre

Liebe Beate!

So alt wie Menschen können Hunde niemals werden. Ihre Lebenserwartung liegt im Durchschnitt zwischen zwölf und fünfzehn Jahren. Die Alterung setzt normalerweise zwischen dem neunten und dem zwölften Lebensjahr ein. Bei manchen Hunden verläuft sie sehr rapide, bei anderen geht sie ganz allmählich vor sich.
Mit zehn Jahren und einer starken Ergrauung gehört Deine kleine Hündin also tatsächlich schon zu den „Senioren", aber sie kann durchaus noch einige Jahre munter weiterleben. Die Vergreisung kommt oft sehr schnell. Dann läßt die Seh- und Hörkraft stark nach, die Beweglichkeit ist eingeschränkt, und der Hund bekommt Probleme mit den Körperfunktionen.
Leider gibt es Hunde bestimmter Rassen, die meist nicht einmal das Alter von zehn Jahren erreichen. Ich kenne aber auch eine ganze Reihe von Rassehunden und Mischlingen, die mit dreizehn oder fünfzehn Jahren noch putzmunter sind. Der am ältesten gewordene Hund, den ich bisher persönlich kannte, wurde $17^1/_2$ Jahre alt.

Wie viele Menschenjahre entsprechen einem Hundejahr?

Stimmt es, daß man das Alter eines Hundes mal sieben nehmen muß, um zu wissen, wie alt er als Mensch wäre?

Iris, 14 Jahre

Liebe Iris!

Man rechnet für eine Hundegeneration zwei bis drei Jahre, für eine Menschengeneration setzt man zwanzig bis dreißig Jahre an. Allerdings kann man Tiere nur eingeschränkt mit der Entwicklung der Menschen vergleichen – sie stehen ja auch auf einer ganz anderen Intelligenzstufe. Hier trotzdem eine Auswahl:

Vollendetes Hundealter:	*Annähernd vergleichbares Menschenalter:*
3 Monate	3 Jahre
6 Monate	10–12 Jahre
12 Monate	15–20 Jahre
18 Monate	18–25 Jahre
24 Monate	20–30 Jahre
3 Jahre	25–35 Jahre
5 Jahre	35–45 Jahre
8 Jahre	50–60 Jahre
10 Jahre	60–65 Jahre
12 Jahre	65–75 Jahre
15 Jahre	75–85 Jahre

KÖRPERBAU UND SINNESORGANE

In der Größe und im Gewicht, im Aussehen und im Verhalten gibt es zwischen den vielen Hunderassen teils enorme Unterschiede. Dennoch ist das Grundmuster des Körperbaus bei allen Hunden dasselbe.

Hunde sind von Natur aus Lauftiere, die lebende Beute erjagen können. Dafür sind schlanke Beine und ein gestreckter Körper typisch. Außerdem haben sie einen großen Brustraum, in dem ein leistungsfähiges Herz Platz hat. Selbst der zierlichste Haushund hat das Gebiß des Fleischjägers: lange, spitze Eckzähne, um die Beute zu erfassen und festzuhalten; vordere Backenzähne zum groben Zerteilen; scharfe Reißzähne zum Zertrennen von Sehnen und Knorpeln; Schneidezähne zum Abschaben von Haut und Fleischresten von großen Knochen.

Auch die Verdauungsorgane der Hunde sind größtenteils noch auf die gut verdauliche Fleischnahrung ausgerichtet: Der verhältnismäßig kurze Darm mißt nur etwa das Fünffache der Körperlänge des Hundes.

Besonders stark ausgeprägt ist beim Hund der Geruchssinn. Damit und auch mit seinem ausgezeichneten Gehör ist der Hund dem Menschen weit überlegen.

Weshalb hecheln Hunde?

Mein Hund Alfi ist ein Schnauzermischling. Wenn ich mit ihm längere Zeit herumrenne, atmet er ziemlich schnell. Die Zunge hängt ihm dann ganz lang aus dem Maul und tropft, besonders wenn es warm ist. Darf ich nicht so wild mit ihm toben?

Yvonne, 9 Jahre

Liebe Yvonne!

Beim Spielen und Rennen kommst Du sicher öfters ins Schwitzen. Dabei tritt durch Deine Poren Feuchtigkeit aus, die auf der Haut verdunstet und sie abkühlt. Das ist ein Schutzmechanismus gegen Überhitzung. Durch Trinken ersetzt Du die ausgeschwitzte Flüssigkeit dann. Auch Deinem Alfi wird durchs Laufen warm, aber er kann nicht über die Haut schwitzen. Bei Hunden sind die Schweißdrüsen verkümmert. Nur an den Pfotenballen funktionieren sie noch, aber das reicht bei größerer Wärme nicht zum Abkühlen aus.
Hunde müssen deshalb hecheln. Ein hechelnder Hund hat das Maul geöffnet und atmet um so schneller, je wärmer ihm ist. Dabei hängt manchmal seine Zunge ziemlich weit heraus. Durch die raschen Atemzüge wird feuchte Atemluft in großen Mengen ausgestoßen. Gleichzeitig werden Maul und Zunge abgekühlt.
Das Herz des hechelnden Hundes muß dabei aber ziemlich stark arbeiten. Deshalb solltest Du mit Alfi an heißen Tagen nicht zu viel herumrennen.

Warum haben manche Hunde so einen starken Geruch?

Schon ein paarmal hat jemand zu mir gesagt, daß Ringo, unser Schäferhund, ziemlich „nach Hund" riecht. Wir pflegen ihn aber doch! Die Tierärztin hat gesagt, daß er total in Ordnung ist. Bilden die Leute sich den Geruch nur ein?

Heike, 14 Jahre

Liebe Heike!

Es gibt wirklich Hunde, die dauernd stärker riechen als andere Artgenossen, obwohl sie regelmäßig und gründlich gebürstet werden und völlig gesund sind. Das liegt meist an den Talgdrüsen der Haut. Sie sitzen vor allem an den Haarwurzeln, einige auch in den Innenseiten der Ohren, an den Augenlidern und am After. Diese Drüsen bilden ein Sekret, eben den Talg. Er verteilt sich auf der Haut und im Fell und bildet so einen Schutz gegen Witterungseinflüsse, also beispielsweise Nässe, die die Haut sonst schnell auslaugen würde. Bei Wärme bewahrt diese Schutzschicht die Haut und die Haare vor Austrocknung. Vor allem bei Hunden, deren Talgdrüsen besonders stark arbeiten – meist Rüden – kann dann ein typischer Fellgeruch auftreten.
Bei bestimmten Erkrankungen strömt ein Hund allerdings manchmal von einem Tag auf den anderen einen stärkeren Geruch aus als sonst. Bei krankhaftem Talgfluß fühlt sich außerdem das Fell ungewöhnlich ölig an, und der Hund hat Juckreiz. Das ist aber bei Deinem Ringo offenbar nicht der Fall.

Wie viele Zähne hat ein Hund?

Unser Dalmatiner hat auf einer Schau keine Bewertung bekommen, weil ihm zwei Backenzähne fehlen. Aber sie sind ihm nicht ausgefallen, sondern nie gewachsen! Benjo hat zwar keine Probleme beim Fressen, aber ich möchte gerne wissen, was überhaupt normal ist.

Daniela, 12 Jahre

Liebe Daniela!

Bei den meisten Rassen gilt es als Fehler, wenn das Gebiß nicht vollständig ist. Nur bei wenigen Rassen nimmt man solche und andere angeborene Gebißfehler in Kauf. Normalerweise besteht bei allen Hunden das Milchgebiß aus 28 Zähnen und das Dauergebiß aus 42 Zähnen. Das Milchgebiß bildet sich in den ersten zwei bis vier Lebenswochen und ist meist im Alter von zwei Monaten vollständig.

Im vierten bis fünften Lebensmonat schieben dann bereits die ersten neuen Zähne nach. Je nach Rasse sind die Milchzähne meist im Alter von etwa sechs bis neun Monaten alle ausgefallen, und das neue und dauerhafte Gebiß ist komplett.

Und so setzt es sich zusammen: oben und unten je sechs Schneidezähne, insgesamt zwölf. Auf jeder Kieferseite folgt ein Fangzahn, insgesamt also vier. Danach sitzen jeweils vier vordere Backenzähne, gleich 16 insgesamt. Dazu kommen dann im Unterkiefer beiderseits je drei hintere Backenzähne, macht zusammen sechs. Oben sind es je zwei, also vier insgesamt.

Können Hunde Farben erkennen?

Im Biologieunterricht haben wir gelernt, daß die meisten Säugetiere farbenblind sind. Ist das auch bei Hunden so? Und hat das etwas mit der Augenfarbe zu tun?

Tobias, 13 Jahre

Lieber Tobias!

Noch hat kein Wissenschaftler eindeutig festgestellt, ob und wie das Farbsehen bei Hunden funktioniert. Man hat viele Versuche mit einfarbigen und mehrfarbigen Gegenständen gemacht, aber immer wieder verschiedene Ergebnisse bekommen. Niemand kann sagen, wieweit bei solchen Tests die anderen Sinne der Versuchstiere eine Rolle spielen. Es herrscht aber die Meinung vor, daß Hunde die Welt in Grautönen wahrnehmen und nur Farbstärke und Helligkeitsstufen unterscheiden können. Vielleicht können Hunde auch grobe Farbbereiche erkennen, aber wohl keine einzelnen Farbtöne und Farbmuster. Von der Augenfarbe hängt das Farbsehen sicherlich nicht ab. Diese äußerlich sichtbare Farbe wird in einem anderen Teil des Auges, der Iris oder Regenbogenhaut, gebildet.

Hunde sind bei der Geburt übrigens noch blind, ihre Augen sind verschlossen. Gehen sie nach etwa zwei Wochen allmählich auf, ist die Iris fast immer blau. Meist färbt sie sich im Lauf der ersten Lebensmonate ins Dunkelbraune. Es kommen aber auch hellere Farben vor. Manchmal bleiben beide Augen – oder auch nur eines – lebenslang blau.

Weshalb leuchten Hundeaugen im Dunkeln?

Manchmal bekommt unser Mischlingshund Struppi am Abend richtig leuchtende Augen. Dann habe ich ein bißchen Angst, denn das sieht irgendwie unheimlich aus. Warum macht Struppi das?

Annika, 9 Jahre

Liebe Annika!

Du brauchst Dich überhaupt nicht zu fürchten, wenn Struppis Augen aufleuchten. Das ist nämlich ganz normal und bei jedem Hund so! Struppi macht das auch nicht absichtlich von sich aus, seine Augen sind einfach so eingerichtet.
Wenn Du es genau beobachtest, wirst Du feststellen, daß das Aufleuchten immer dann zu sehen ist, wenn Struppi im Dunkeln ist und Licht auf sein Gesicht fällt. Dann schimmern Struppis Augen plötzlich rötlich und gelblich. Dieses Leuchten kommt zustande, weil Hundeaugen innen eine Schicht haben, die Lichtstrahlen zurückwirft (reflektiert), auch wenn diese ziemlich schwach sind.
Eine solche Reflexionsschicht kennst Du sicherlich von den Rück- und Seitenstrahlern an Fahrrädern her! Wenn die Scheinwerfer eines Autos sie anstrahlen, leuchten diese Reflektoren auf.
Bei Struppi und seinen Artgenossen ist diese Schicht jedoch nicht nur dazu da, daß man sie besser sieht. Vermutlich können Hunde mit Hilfe dieser Vorrichtung in der Dämmerung auch besser sehen als wir.

Was sind Vieräugel?

Ein Bekannter meiner Eltern ist Jäger. Er hat erzählt, daß er jetzt einen vieräugigen Jagdhund hat. Das gibt es doch gar nicht, oder?

Marlene, 11 Jahre

Liebe Marlene!

Vermutlich hast Du Dich verhört, und der Mann hat nicht von vier Augen, sondern von einem Vieräugel gesprochen. Dabei handelt es sich um sogenannte Oberaugenflecken. Das sind meist helle, tupfenartige Flecken über den Augen, die sich vom übrigen Fell deutlich abheben. Dadurch entsteht auf den ersten Blick leicht der Eindruck, der Hund habe vier Augen.
Nicht nur die Fellzeichnung selbst, sondern auch die Hunde, die sie haben, werden der Einfachheit halber oft Vieräugel genannt. Vor allem hat sich der Begriff für die Österreichische Bracke oder Brandlbracke eingebürgert, einen mittelgroßen schwarzbraunen Jagdhund mit kurzem Fellhaar. Bei dieser Rasse kommen die Oberaugenflecken besonders häufig vor. Solche Abzeichen gibt es auch bei anderen Säugetieren. Man vermutet, daß die Natur sie zur Abschreckung oder Einschüchterung von anderen Tieren eingerichtet hat.
Die Menschen glaubten übrigens früher, daß Hunde Götter, Geister und Zauberwesen sehen könnten. Dieser Irrglaube kam in vielen Kulturen vor und bedeutete für viele Vieräugel einen grausamen Tod. Sie wurden nämlich oft einem Jagd- oder Todesgott geopfert.

Warum können Hunde so gut riechen?

Ich bin ein großer Hundefan und lese viel über Hunde. Besonders gefällt mir, daß sie so toll riechen können. Aber warum das so ist, weiß ich immer noch nicht so richtig.

Nicole, 12 Jahre

Liebe Nicole!

Die Nase ist tatsächlich das leistungsfähigste Sinnesorgan aller Hunde. Sie sind uns mit ihrem Geruchssinn weit überlegen.
Hunde besitzen etwa dreihundertmal so viele Riechzellen wie wir, nämlich etwa 150 Millionen. Diese Zellen sind eingebettet in die Nasenschleimhaut. Die erreicht beim Hund, würde man sie ausbreiten, eine Größe bis zu etwa 2,80 x 1,60 Meter und ist bis zu 0,1 Millimeter dick. Wir Menschen haben gerade mal eben 2 x 2,5 Zentimeter Nasenschleimhaut aufzuweisen, in einer Stärke von 0,006 Millimetern.
Auch das Geruchszentrum im Gehirn ist bei Hunden im Verhältnis größer als beim Menschen. So können Hunde nicht nur feinere Gerüche aufnehmen, sondern auch verschiedene gleichzeitig auftretende Gerüche schneller und sicherer sortieren als wir. Bei jagenden Tieren wie den Hunden ist der Geruchssinn von Natur aus sehr wichtig. Er dient zum Erkennen von Rudelgenossen, von Beutetieren und von Feinden. Die Menschen setzen diese Fähigkeit der Hunde in den verschiedensten Bereichen ein, von der Jagd über die Suche nach Schmuggelware bis zum Auffinden von vermißten Menschen.

Weshalb schnüffeln Hunde so viel herum?

Wenn ich mit meiner Hündin Bilke spazierengehe, bleibt sie dauernd stehen und schnuppert an irgendwas. Wenn man mit Bilke zu anderen Leuten geht, läuft sie im ganzen Haus und Garten herum und schnuppert auch überall! Warum tut sie das?

Mareike, 9 Jahre

Liebe Mareike!

Hunde sind ausgesprochene „Nasentiere". Das heißt, daß sie viele wichtige Eindrücke zuerst oder überhaupt nur über die Nase bekommen. Sie können auch viel mehr Gerüche aufnehmen als wir. Dir ist es unterwegs vielleicht manchmal langweilig, wenn Bilke so viel herumschnüffelt, aber für sie ist es hochinteressant!
Das Herumschnüffeln ist eine Art „Zeitunglesen" für Hunde, sie erhalten dabei eine Menge Informationen. Sie erfahren zum Beispiel, ob Müllers Struppi schon unterwegs ist, oder daß die Katze von Bauers soeben vorbeigetigert ist. Bilke hinterläßt ihrerseits Spuren, unter anderem, weil ihre Pfotenballen einen feinen Geruchsstoff ausscheiden. Besonders kräftig riecht es natürlich, wenn sie harnt oder Kot absetzt.
Fremde Wohnungen oder Gärten will ein Hund erforschen, um zu wissen, womit er hier rechnen muß oder kann. Ist hier ein anderer Hund zu Hause? Gibt es etwas Feines zu fressen? Hunde können ja keine Fragen stellen wie wir, also „fragen" sie mit der Nase und versuchen sich die Antworten zu erschnüffeln!

Warum stutzt man Hunden die Ohren?

Stimmt es, daß manchen Hunden die Ohren gestutzt werden, damit sie besser hören können?

Michaela, 12 Jahre

Liebe Michaela!

Es gibt Rassen, bei denen Stehohren vorgeschrieben sind oder waren, obwohl die Hunde von Natur aus Hängeohren haben. Das sind außer Doggen zum Beispiel die Rassen Dobermann, Schnauzer und Boxer. Daher werden bei den Welpen in der ersten oder zweiten Lebenswoche die Ohren beschnitten.
Für dieses Stutzen, in der Fachsprache Kupieren genannt, werden von den Züchtern verschiedene Gründe genannt. Einer davon ist, daß sich beim Kampf – auf der Jagd oder bei Schaukämpfen – das gegnerische Tier nicht in den kupierten Ohren verbeißen kann. Deshalb sind bei Kampfhunderassen heute noch die Ohren oft bis auf einen kläglichen Rest gekürzt. Bei vielen Rassen ist dieser Grund aber nicht mehr vorhanden. Deshalb wird behauptet, daß Hunde mit aufrecht stehenden Ohren besser hören und weniger Ohrprobleme haben.
Tatsache ist lediglich, daß ein Hund mit Stutzohren größer und gefährlicher aussieht als ein vergleichbarer Hund mit Hängeohren. In der Bundesrepublik Deutschland wurde 1988 das Kupieren der Ohren verboten. Im Ausland dürfen Hunde weiterhin kupiert und auch nach Deutschland eingeführt werden.

Gibt es Hunde mit Schwimmhaut?

Wir haben einen Foxterrier. Ich gehe viel mit Alfi spazieren, und er läuft überall herum, nur vor dem Wasser hat er Angst. Er geht nicht mal durch einen Wassergraben, wenn seine Lieblingsfreundin vorausläuft. Kann er nicht schwimmen, weil er keine Schwimmhäute hat?

Jasmin, 11 Jahre

Liebe Jasmin!

Bei Hunden sind die Zehen mit einer Haut verbunden, die einer Schwimmhaut ähnelt. Man nennt sie Zwischenzehenhaut. Sie kommt der Schwimmhaut nahe, wie sie Tiere haben, die überwiegend im Wasser leben, ist aber nicht so breit. Diese Haut erleichtert den Hunden das Schwimmen, und jeder Hund hat sie. Bei kleineren Rassen ist die Zehenzwischenhaut natürlich nicht so ausgeprägt wie bei größeren Hunden.

Von Natur aus kann jeder Hund schwimmen. Junge Hunde müssen aber erst behutsam mit dem nassen Element vertraut gemacht werden. Wenn man einen Welpen einfach ins Wasser wirft, wird er keinen großen Spaß am Schwimmen bekommen und kann zeitlebens wasserscheu bleiben.

Es liegt aber nicht immer an grober Behandlung, wenn ein Hund nicht ins Wasser gehen mag. Die Lust am Schwimmen ist tatsächlich bei einigen Rassen weniger stark ausgeprägt. Dazu gehören auch die „Foxl“. Sie bleiben meist lieber auf festem Boden, wobei es auch da wieder Ausnahmen gibt.

Können Hunde Erdbeben spüren?

Dauernd gibt es irgendwo auf der Welt schwere Erdbeben. Jetzt habe ich gelesen, daß Hunde Erdbeben spüren, bevor sie eintreten. Wie geht das denn?

Fiona, 14 Jahre

Liebe Fiona!

Es ist richtig, daß manche Hunde bestimmte Naturkatastrophen vorausfühlen. Das ist aber keine besondere Art von Hellsehen, sondern hängt mit den Veränderungen im Boden und in der Luft zusammen, die solchen Ereignissen vorausgehen oder sie begleiten. Bei Erdbeben breiten sich beispielsweise Druckwellen vom Erdbebenherd aus, die von Hunden und anderen Tieren mit einer besonderen Empfindlichkeit dafür wahrgenommen werden können. Vor Vulkanausbrüchen, aber auch vor heftigen Gewittern oder vor dem Abgang von Lawinen ändern sich der Luftdruck und die Luftfeuchtigkeit oft erheblich. Diese Änderungen nehmen Hunde wahr. Sie lösen bei den Tieren meist Angst aus. Und da ein Hund nicht sagen kann, was ihn ängstigt, knurrt oder bellt er. Manchmal bemerken Menschen das auffällige Verhalten und wissen es auch richtig einzuordnen. Sie können dann unter Umständen noch Vorkehrungen treffen, um möglichst heil davonzukommen. Oft ist die Zeitspanne zwischen Erfühlen und Eintritt der Katastrophe jedoch zu kurz. Übrigens können auch hochempfindliche technische Meßgeräte zum Beispiel den Eintritt eines Erdbebens nicht immer rechtzeitig melden.

Warum hat unser Hund nicht heimgefunden?

Mein Vater ist Jäger, und wir haben einen Weimaraner Vorstehhund. Vor kurzem hat Astra sich auf der Jagd verlaufen. Sie ist viele Kilometer von dem Wald weggelaufen, in dem mein Vater war, und schließlich auf einem Bauernhof gelandet. Wieso hat sie nicht heimgefunden?

Julie-Sabine, 14 Jahre

Liebe Julie-Sabine!

Vielleicht hätte Astra schon noch einen Weg nach Hause gefunden, wenn sie nicht auf Leute getroffen wäre. Von ihnen hat sie sich vermutlich Hilfe erhofft.
Der Rückkehrtrieb ist bei vielen Rassen noch stark ausgeprägt. Wölfe und wildlebende Hunde müssen nach der Jagd stets dorthin zurückkehren, wo sie ihre Jungen zurückgelassen haben. Auch einzelne Tiere, die durch irgendein Ereignis vom Rudel getrennt wurden, versuchen es schnellstens wiederzufinden.
Für Astra hat es aber vermutlich mehrere Probleme neben- oder nacheinander gegeben. Vielleicht ist das Wild, das sie apportieren (herbeibringen) sollte, nur angeschossen gewesen und weit weggelaufen. Sie hat es vielleicht nicht mehr gefunden, weil das Tier in einen Wasserlauf geraten ist, in dem sich seine Spur verloren hat, oder in dem Astra es nicht erreichen konnte. Eventuell ist sie auch selber im Wasser gewesen und hat ihre eigene Spur verloren. Unter solchen Umständen braucht ein Hund womöglich Tage und Wochen, bis er zu seinem Heim zurückfindet.

AUSDRUCKS- UND VERHALTENS-WEISEN

Mit der Lebens- und Ausdrucksweise verhält es sich ähnlich wie mit dem Körperbau und den Sinnen von Hunden. Im Grundsatz sind die Verhaltensweisen einheitlich, aber bei den verschiedenen Rassen und beim einzelnen Hund gibt es doch Unterschiede. Hunde zu beobachten und sich mit ihnen zu beschäftigen, wird deshalb auch niemals langweilig.

Gemeinsam ist allen Hunden beispielsweise, daß sie Rudeltiere sind. Unter Einsamkeit leiden sie. Das Leben in der Gemeinschaft erfordert aber auch eine bestimmte Rangordnung, um Chaos zu vermeiden. Im „Rudel" Mensch und Hund darf der Hund nie das Leittier sein, da er sonst versucht, sich die Menschen unterzuordnen und dadurch unkontrollierbar wird.

Zu den Ausdrucksweisen zählt man die Körperhaltungen, die Mimik und die Lautäußerungen, mit denen ein Hund Stimmungen, Absichten und Empfindungen ausdrückt. Die Ohren, das Gesicht und die Rute sind besonders ausdrucksstark. Typisch in der Lautgebung ist vor allem das Bellen.

Der arttypische Jagdtrieb, der beim Wolf überlebenswichtig ist, ist bei vielen Haushunden noch ausgeprägt, bei anderen aber stark abgeschwächt oder ganz erloschen.

Warum büxt unser Hund aus?

Unser Pudelmischling Falco ist ziemlich brav. Ab und zu läuft er aber weg und kommt erst viel später, manchmal erst am nächsten Tag, zurück. Wie können wir ihn davon abbringen?

Martina, 12 Jahre

Liebe Martina!

Vermutlich ist Falco, wenn er ausbüxt, zu einer läufigen Hundedame unterwegs. Läufigkeit, Hitze oder Brunst nennt man die Zeit, in der Hündinnen paarungsbereit sind. Sie tritt etwa alle fünf bis sieben Monate auf. Eine heiße Hündin sondert einen Geruch ab, der Rüden zur Paarung anregt. So sorgt die Natur dafür, daß die Hunde sich regelmäßig fortpflanzen.

Viele Rüden versuchen mit allen Mitteln, zu einer heißen Hündin zu gelangen. Manche halten sich mehrere Tage und Nächte lang in ihrer Nähe auf, andere zieht es wenigstens am Abend wieder nach Hause. Es ist Unsinn, sie für das Weglaufen auszuschimpfen oder gar zu schlagen. Rüden, die sich ihrer „Auserwählten" nicht nähern können, verweigern oft tagelang das Futter, sind apathisch oder winseln ununterbrochen vor sich hin.

Völlig unterbinden läßt sich der Sexualtrieb nur, wenn man den Rüden kastriert. Bei dieser Operation werden die Hoden entfernt, so daß keine Sexualhormone und keine Samen mehr produziert werden. Manche Rüden und sogar Hündinnen gewöhnen sich das Streunen aber auch deshalb an, weil sie unterwegs viel Interessantes erleben.

Wie oft kann ein Hund Junge bekommen?

Die Boxerhündin von unserem Nachbarn hat vor kurzem vier niedliche Hundebabys auf die Welt gebracht. Später soll Hexe noch einmal welche bekommen, sagt ihr Besitzer. Wie oft können Hunde überhaupt Junge kriegen?

Malte, 11 Jahre

Lieber Malte!

Eine Hündin ist meist mit sechs bis acht Monaten zum erstenmal paarungsbereit. Von da an ist sie etwa zweimal im Jahr läufig – und das bis ins hohe Alter! Wird sie mehr als zehn Jahre alt, könnte sie also 20mal und noch öfter Junge bekommen. Ein vernünftiger Züchter läßt das aber nicht zu. Denn eine Junghündin ist mit einem halben Jahr noch nicht ausgewachsen. Eine Trächtigkeit – so nennt man die Schwangerschaft bei Hunden – wäre für ihre Entwicklung schädlich. Außerdem würden die Jungen wahrscheinlich schwächlich, weil so junge Hundemütter noch nicht soviel Kraft weitergeben können wie ausgewachsene Hündinnen. Im höheren Alter ist es dann wieder ähnlich, die Kraft der Hündinnen läßt nach. Und eine Hündin, die jahrelang in jeder Läufigkeit gedeckt wird, wird meist nicht sehr alt, weil sie früh „verbraucht" ist. Die Mutterhündin muß ihre Jungen ja nicht nur austragen, sondern nach der Geburt auch wochenlang säugen, säubern und wärmen. Je mehr Junge pro Wurf vorhanden sind, um so anstrengender ist das Kinderkriegen für die Hündin.

Warum heben Rüden so oft ein Bein?

Ich führe ab und zu den Hund von meiner Patentante aus. Er bleibt alle paar Meter stehen, hebt ein Bein und pinkelt gegen einen Baum, einen Strauch, einen Pfosten oder eine Hausecke. Warum tut er das?

Regine, 12 Jahre

Liebe Regine!

Mit seinem Harn gibt ein Hund nicht nur Verdauungsschlacken von sich, sondern hinterläßt auch für andere Hunde eine Nachricht, eine sogenannte Markierung. Dieses Verhalten ist ein Wolfserbe. Wölfe markieren mit ihrem Harn regelmäßig das Gebiet, in dem sie mit ihrer Familie leben. So erfahren fremde Wölfe, daß hier bereits Artgenossen leben und sie sich fernhalten müssen. Denn jede Wolfsfamilie braucht ein bestimmtes Revier, um genügend Nahrung zu finden.
Haushunde markieren selten ihr engeres Revier, also ihr eigentliches Zuhause, weil dorthin oft keine anderen Hunde kommen. Sie sind mit dem Markensetzen vor allem unterwegs beschäftigt, da meist viele andere Rüden und Hündinnen dieselben Wege benutzen. Und die müssen davon unterrichtet werden, daß hier ein „toller Kerl" vorbeigekommen ist. Hunde, die sich besonders (revier)stark fühlen, harnen häufig auch über Harnmarken anderer Hunde. Es gibt auch Hündinnen, die solche Harnmarkierungen anbringen, indem sie ein Hinterbein anheben oder gezielt auf eine Bodenstelle urinieren, auf die vorher ein anderer Hund seinen Harn abgesetzt hat.

Wozu beschnuppern Hunde sich am Po?

Ich mag Hunde sehr. Weil ich ihnen gern zugucke, ist mir etwas aufgefallen: Manche Hunde beschnuppern sich gegenseitig an der Nase, aber auch am Po. Was machen die da eigentlich?

Steffen, 10 Jahre

Lieber Steffen!

Für Hunde ist es sehr wichtig, daß sie sich beschnuppern. So können sie den anderen kennenlernen und wissen, was für ein „Typ“ das ist. Vorn ist es die Atemluft, die ihnen Aufschluß gibt. Hinten am Po, genauer am After, sitzen Drüsen, die einen besonderen Stoff produzieren. Das sind die Analdrüsen (anal heißt „den After betreffend“). Wenn ein Hund am anderen schnuppert, nimmt er den Geruch auf, den dieser Drüsenstoff ausströmt. Und weil jeder Hund seine ganz persönliche Duftnote hat, an der andere Hunde ihn wiedererkennen können, nennt man den Bereich um den After herum auch Analgesicht.

Manchmal kneift ein Hund den Schwanz ein und dreht sich weg, wenn ein anderer ihn am Analgesicht beschnuppern will. Das ist ein Zeichen dafür, daß der Hund sehr ängstlich und unsicher ist. Manche Hundehalter rufen entsetzt „Pfui, laß das!“ und ziehen ihre Hunde voneinander weg, wenn sie sich am After beschnuppern wollen. Das ist ziemlich dumm, weil die Tiere sich dann gar nicht richtig kennenlernen können. Hunde brauchen sich nicht zu „genieren“, sondern sollten sich hundegemäß verhalten dürfen.

Was ist ein Angstbeißer?

Meine Tante hat neulich einen kleinen, ganz wuscheligen Hund aus dem Tierheim geholt. Aber ich darf mit Tinni nicht spielen, weil sie sonst beißt. Sie ist ein Angstbeißer, sagt meine Tante. Manchmal verkriecht Tinni sich auch, wenn Besuch kommt. Was ist mir ihr los?

Gabriela, 9 Jahre

Liebe Gabriela!

Deine Tante hat recht, die kleine Tinni ist ein sogenannter Angstbeißer. Das ist ein Hund, der aus reiner Panik beißt, wenn man ihm zu nahe kommt. Tinni hat kein Vertrauen zu Menschen, vielleicht auch nicht zu anderen Hunden – und vor allem nicht zu sich selbst.
Eventuell haben Tinnis Vorbesitzer sie zu viel allein gelassen. Oder sie hat schon mehrere Besitzer gehabt und konnte sich an keinen richtig gewöhnen. Es kann auch an einer zu strengen Erziehung liegen, vielleicht wurde Tinni häufig angeschrien. Leider werden manche Hunde sogar geschlagen oder beispielsweise in dunkle Keller gesperrt, wenn sie etwas gemacht haben, was den Besitzern nicht paßt. Es kommt auch vor, daß Hunde Angst vor Kindern bekommen, weil ein paar Kinder sie bös gequält haben.
Deine Tante wird wohl viel Geduld aufbringen müssen, bis Tinni wenigstens zu ihr richtiges Vertrauen hat.
Sicher verstehst Du Tinni jetzt besser und magst sie, auch wenn sie Dich noch abwehrt! Vielleicht schaffst Du es ja mit der Zeit, daß sie auch zu Dir mehr Zutrauen hat.

Weshalb reißen die Hunde das Maul auf?

Unser Labrador Wiski rennt oft mit seinem besten Freund Tim um die Wette. Oder sie tun so, als ob sie raufen. Immer haben sie dabei das Maul weit aufgerissen. Ich habe Angst, daß sie sich mal beißen.

Silvia, 9 Jahre

Liebe Silvia!

Solange die Hunde miteinander spielen, brauchst Du Dich nicht zu sorgen. Schau mal genau hin, wie das offene Maul dabei aussieht: Die Mundwinkel sind weit nach hinten gezogen, wahrscheinlich wirkt es fast so, als ob Wiski und Tim lachen würden. Überhaupt sehen sie sicherlich ganz entspannt aus. Auf diese Weise zeigen sie sich gegenseitig, daß sie den anderen nicht angreifen wollen und daß alles nur ein Spiel ist. Du wirst vielleicht auch bemerken, daß die Hunde beim Spielen immer wieder ihre Köpfe voneinander wegdrehen. Das ist eine weitere Möglichkeit, dem anderen seine eigene Friedfertigkeit zu zeigen.
Wenn ein Hund ernsthaft beißen will, nehmen seine Augen einen starren Ausdruck an, das Maul ist nur wenig geöffnet. Der Hund zieht seine Lippen so hoch, daß man die Schneidezähne und die Fangzähne sieht. Die Mundwinkel bleiben weit vorne. Dieses eindeutige Aussehen wird fast immer von einem drohenden Knurren begleitet. Wenn sich der andere Hund (oder ein Mensch) nicht entfernt, greift der drohende Hund mit großer Wahrscheinlichkeit gleich an und beißt zu.

Wieso wälzt sich Winni im Schmutz?

Mein Hund Winni ist ein richtiges Ferkel. Sooft ich mit ihr rausgehe, will sie sich im Dreck wälzen. Am liebsten im Mist von Kühen oder Schafen. Regenwürmer oder eine tote Maus tun es aber auch. Wie kann ich das abstellen? Manchmal stinkt sie fürchterlich, und meine Mutti schimpft uns beide.

Conny, 11 Jahre

Liebe Conny!

Der Grund für das Wälzen auf stark riechendem Kot oder Aas ist bis heute nicht eindeutig geklärt. Man kann nur Vermutungen anstellen. Dieses Verhalten zeigen ja nicht alle Hunde, zumindest nicht auf die gleiche Weise. Denkbar ist, daß ein Hund sich aus einem Urinstinkt heraus einen anderen Geruch zulegen will, der seinen eigenen überdeckt. So riecht er dann ähnlich wie das Wild, das seine Vorfahren gejagt haben. Allerdings weiß man von einem solchen Verhalten bei Wölfen nichts. Bei manchen Hunden hat man auch den Eindruck, daß sie dem, worauf sie sich wälzen, ihren Geruch geben wollen, damit andere Hunde wissen: „Aha, das gehört Bello!“ So wälzen sich zum Beispiel manche Hunde überhaupt nicht in Schmutz. Dafür rollen sie sich nachdrücklich über Holzstöckchen oder Bälle, die sie gefunden haben und mit denen sie dann spielen oder die sie herumtragen. Vielleicht kannst Du Winni vom ganz schlimm stinkenden Kot wegführen, aber ihr beispielsweise die Regenwürmer lassen, damit sie nicht sauer wird. Das wäre dann wohl für Euch alle erträglich.

Weshalb verfolgen Hunde Radfahrer?

Unser Collie macht sich nichts aus Radfahrern. Aber der Boxer von gegenüber rennt jedem Radfahrer nach, bellt wie verrückt und versucht ins Rad zu beißen. Er hat schon Tritte abgekriegt, aber er hört damit nicht auf. Kann man ihm das nicht abgewöhnen?

Inka, 11 Jahre

Liebe Inka!

Man muß zuerst einmal fragen, warum die Besitzer den Boxer frei laufen lassen, wenn er eine solche Angewohnheit hat. Er gefährdet dadurch die Verkehrsteilnehmer, aber auch sich selber! Ein Radfahrer könnte stürzen, beim Ausweichen sogar gegen ein Auto oder ein anderes Hindernis prallen und sich dabei schwer verletzen. Für alle derartigen Schäden muß übrigens der Hundebesitzer aufkommen. Aber auch der Hund kann zu Schaden kommen, wenn er beispielsweise heftig getreten wird oder unter das Fahrrad gerät.
Es gibt viele Hunde, die richtige Verfolgungsjagden auf Radfahrer unternehmen. Die Ursache liegt wohl in dem angeborenen Jagdtrieb, etwas zu verfolgen, das sich schnell bewegt. Manche Hunde rennen hinter allen möglichen Fahrzeugen her, vom Lkw über den Traktor bis zur Straßenbahn.
Mit Konsequenz kann man einen Hund meist von unkontrollierten Verfolgungsjagden dieser Art abbringen, indem man sie ihm streng verbietet. Aber immer gelingt das, gerade bei älteren Hunden, leider nicht.

Darf man sich ablecken lassen?

Meine Freundin hat einen Schnauzer-Pudel-Mischling. Sascha ist ziemlich verspielt. Wenn ich komme, springt er an mir hoch und leckt mir das Gesicht und die Hände ab. Mein Vater sagt, daß das nicht gut ist, weil ich davon Würmer bekommen kann. Was soll ich tun?

Annegret, 11 Jahre

Liebe Annegret!

Der Hund Deiner Freundin behandelt Dich wie ein Familienmitglied. Wenn er Dich begrüßt, will er Dir zeigen, daß Du zu seinem „Rudel" gehörst. Das Belecken ist ein Zeichen der Friedfertigkeit, Freundlichkeit und Ergebenheit – ungefähr so, wie sich nahestehende Menschen bei einer Begrüßung liebevoll auf die Wange oder den Mund küssen.
Junge Hunde belecken ältere Tiere oft am Maul und betteln dabei gleichzeitig um Futter. Befreundete erwachsene Hunde lecken ebenfalls aneinander, wenn sie sich begrüßen – meist an der Schnauze und an den Ohren. Natürlich ist die Zunge eines Hundes keine keimfreie Zone. Bei einem gesunden, gepflegten Hund ist eine Übertragungsgefahr von Parasiten aber nicht sehr groß. Du brauchst Dir allerdings trotzdem nicht gerade das ganze Gesicht „abwaschen" zu lassen. Halte dem Hund Deine Handrücken hin und, wenn Du willst, ein Ohr. Wird er zu stürmisch, dann drücke ihn sanft, aber nachdrücklich von Dir weg. Du kannst dabei deutlich „Jetzt ist es genug!" oder etwas Ähnliches sagen.

Warum will Knispel nicht alleine bleiben?

Meine Großmutter hat seit kurzem einen Minimischling von Leuten, die keine Zeit für ihn hatten. Wenn meine Oma Knispel allein läßt, zerkratzt und zerbeißt er Möbel, Türen und Teppiche. Kann man ihm das nicht abgewöhnen?

Biggi, 12 Jahre

Liebe Biggi!

Zerstörungswut bei erwachsenen Hunden ist oft ein Zeichen von Hilflosigkeit und Angst. Das ist wohl auch bei Knispel der Fall. Er ist wahrscheinlich von den Vorbesitzern sehr viel allein gelassen worden. Der Wechsel zu Deiner Oma hat Knispel erst einmal zusätzlich verunsichert, obwohl es ihm da ja vermutlich bessergeht als vorher. Und wenn sie weggeht, gerät er vollends in Panik. Man kann mit Knispel üben, indem man beispielsweise nur für ein paar Minuten aus dem Haus geht und zurückkommt, bevor er richtig mit dem Nagen und Kratzen angefangen hat. Aber die Übungen bitte nicht übertreiben! Einmal am Tag genügt für den Anfang, sonst wird auch das dem Hund zuviel. Es nützt auch nichts, nur vor die Haustür zu gehen. Man muß schon ein paar Straßen weiter laufen, damit der Hund einen nicht mehr wahrnehmen kann. Außerdem kann man versuchen, ihn etwas zu beruhigen, indem man vor dem Weggehen ein Radio anschaltet. Ich denke, daß Knispel mit der Zeit größeres Vertrauen zu Deiner Großmutter bekommt und sich ihrer „sicherer" fühlt. Dies wird am stärksten dazu beitragen, daß er sich beruhigt, wenn er alleine ist.

Warum bellt Tessa nicht?

Mein Onkel hat einen jüngeren Rauhhaardackel. Tessa war etwa vier Monate alt, als er sie bekam. Jetzt ist sie über ein Jahr alt. Aber sie hat noch niemals gebellt, und überhaupt ist sie sehr schüchtern. Wir wissen nicht, warum. Der Züchter kann es sich auch nicht erklären.

Ruth, 12 Jahre

Liebe Ruth!

Als erstes muß geklärt werden, ob Tessa an einer Erkrankung der Stimmbänder oder des Kehlkopfes leidet. Wahrscheinlicher ist aber ein vorausgegangener grober Umgang mit dem jungen Hund. Es liegt nahe, daß Tessa schon einmal vom Züchter weggegeben worden war. Welpen werden im allgemeinen im Alter von zehn bis zwölf Wochen von der Mutter getrennt. Viele Leute bedenken nicht, daß ein Welpe erst einmal stubenrein werden, also lernen muß, seine Notdurft nicht in der Wohnung zu verrichten. Außerdem beißen Welpen auf allem möglichen herum.
Leider gehen manche Menschen dann sehr streng mit so einem jungen Tier um. Einigen wird es sogar zuviel, und sie bringen den oft völlig verstörten Hund dorthin zurück, wo sie ihn erworben haben. Beim Wiederverkauf wird so eine Geschichte gern verschwiegen. Tessa braucht vermutlich noch einige Zeit, bis ihr Selbstvertrauen gewachsen ist. Freundlichkeit ohne Verhätscheln trägt am besten dazu bei. Dann wird sie eines Tages auch mutig bellen!

Weshalb geht Lorca auf fremde Hunde los?

Wir haben einen Irish Setter namens Lorca. Sie verträgt sich gut mit unserer Katze und hat ein paar Hunde als Freunde, die auch ins Haus dürfen. Aber fremde Hunde verbellt sie. Unterwegs geht sie auf Hündinnen sogar regelrecht los. Warum macht sie das?

Wiebke, 13 Jahre

Liebe Wiebke!

Bei Deiner Lorca zeigt sich der ganz normale Revierinstinkt: Sie will alle fremden Hunde aus ihrer heimischen Umgebung vertreiben. Da sie ihnen nicht nachsetzen kann, „schimpft“ sie eben ganz gewaltig. Damit teilt sie den anderen Hunden mit: „Das ist mein Bereich, und ihr dürft hier nicht bleiben!“
Wen ein Hund erst einmal als Rudelgenossen angenommen hat, der hat Bleiberecht. Manche Tiere werden zwar nicht als Mitglied der eigenen Gemeinschaft angenommen, aber als harmlos betrachtet und in Ruhe gelassen. Lorca hat sicher die Anlagen einer Leit- oder Kopfhündin. Das ist in einem Rudel das ranghöchste Tier nach dem Leitrüden. Eine solche Hündin will jedem anderen weiblichen Hund zeigen, daß sie die Chefin ist. Kommt sie an die Geschlechtsgenossin heran, dann packt sie sie meist in der typischen Unterordnungsmanier im Nakken. Wenn sich die andere Hündin unterwirft, ist die Sache geklärt. Kritisch kann es nur werden, wenn die fremde Hündin voller Angst wegrennt, weil dies bei der Kopfhündin den Verfolgungstrieb weckt.

Was ist, wenn mein Hund wildert?

Unser Beagle Jamie geht oft auf einer Hasenfährte, aber erwischt hat er bisher keinen Hasen. Jetzt hat der Jagdpächter von unserem Ort gesagt, daß er Jamie abschießt, wenn er ihn beim Wildern erwischt. Darf er das wirklich?

Markus, 12 Jahre

Lieber Markus!

Für das Jagdrecht sind in Deutschland die Jagdgesetze der einzelnen Bundesländer zuständig. Obwohl es Unterschiede gibt, sagen zum Wildern sinngemäß alle das gleiche. Ein Hund ist als wildernd anzusehen, wenn er sich im Jagdbezirk außerhalb der Einwirkung seines Herrn befindet. Er kann vom Jäger (dem Jagdausübungsberechtigten) getötet werden, muß es aber nicht! Wenn ein Hund dabei erwischt wird, daß er ein Wildtier hetzt, wird allerdings kaum ein Jäger mit dem Schuß auf ihn zögern.

Ein Jagdbezirk erstreckt sich übrigens nicht nur über abgelegene Waldgegenden, sondern beginnt bereits etwa 200 Meter außerhalb bewohnter Gebiete. Und zum Abschuß ist ein Jäger schon berechtigt, wenn ein Hund sich so weit von seinem Führer entfernt, daß er ihm nicht mehr gehorcht. Das kann bereits nach 20 Metern der Fall sein! Der Hund muß nicht einmal direkt einem Wildtier nachsetzen, damit der Jäger auf ihn schießen darf.

Ich würde die Mahnung des Jagdpächters ernst nehmen und Jamie von der Wildverfolgung abhalten, indem Du ihn einfach in den Hasenbezirken an die Leine nimmst.

Wieviel Schlaf braucht ein Hund?

Ich führe schon seit Jahren ab und zu den Hund von unserer Nachbarin aus. Aber in der letzten Zeit sagt sie öfters, daß Lasse schlafen muß, wenn ich ihn holen will. Er ist zwölf Jahre alt. Braucht er jetzt mehr Schlaf als früher?

Uska, 12 Jahre

Liebe Uska!

Hunde schlafen im Durchschnitt zwölf und mehr Stunden pro Tag, wenn auch nicht zusammenhängend. Das Alter spielt dabei durchaus eine Rolle. So schlafen Welpen in den ersten Lebenstagen fast ununterbrochen und wachen eigentlich nur zum Trinken zwischendurch auf. Wenn sie älter werden, nimmt das Schlafbedürfnis zusehends ab.

Ein erwachsener Hund schläft nachts meist so lange wie seine Besitzer. Wenn sie aufstehen, fängt für ihn ebenfalls der Tag an. Manchmal ist der Hund aber auch vor ihnen ausgeschlafen, dann werden die Menschen vielleicht sogar von ihm geweckt. Tagsüber macht er dann immer wieder mal ein Nickerchen. Bei Hunden in höherem Alter nimmt das Schlafbedürfnis dann meist wieder zu. Sehr alte Hunde schlafen an manchen Tagen schon fast wieder soviel wie neugeborene Hunde.

Wieviel Schlaf ein Hund braucht, hängt aber auch von anderen Dingen ab. Ein Hund, der beispielsweise eine große Wanderung mitgemacht hat oder sich sonstwie anstrengen mußte, schläft bestimmt am nächsten Tag länger als sonst!

Warum mag Sandro nur unsere Katze?

Sandro, unser Cockerspaniel, ist der dickste Freund von unserer Katze Billi. Aber im Garten und beim Spazierengehen rast Sandro hinter jeder fremden Katze her und bellt wie verrückt. Warum mag er fremde Katzen nicht?

Sigrid, 11 Jahre

Liebe Sigrid!

Ein Sprichwort sagt: „Sie sind wie Hund und Katze." Damit meint man Leute, die unverträglich miteinander sind und sich dauernd streiten. In Wahrheit ist es aber häufig so wie bei Euch, daß Katze und Hund ein richtiges Pärchen sind. Die Beziehung ist nicht immer so eng wie zwischen Sandro und Billi, aber die verschiedenartigen Tiere im Haus lassen sich meist zumindest in Ruhe.
Fremde Katzen gehören nicht zu dieser Gemeinschaft. In der Wildnis sind Wildhunde und Wildkatzen auch nicht immer gut Freund, weil sie oft dieselben Tiere jagen oder sogar der eine vom anderen verfolgt wird. Außerdem wurden Jagdhunde von den Menschen über Jahrhunderte hinweg auf Katzen gehetzt, um sie für die Jagd zu trainieren. Das hat sich im Erbgut festgesetzt. Hunde, die wie Dein Sandro zwar Familiensinn, aber auch noch einen starken Jagdtrieb haben, sind deshalb mit der zur Familie gehörenden Katze oft eng befreundet, sehen aber jede andere Katze noch als Jagdwild an.
Manchmal ist allerdings zum Glück der Tötungstrieb gebremst, so daß einer von einem Hund gestellten Katze nichts weiter passiert als angebellt zu werden.

Woher wissen Hunde, wie spät es ist?

Manchmal denke ich, unser Hund kann die Uhr lesen. Er weiß genau, wann Essenszeit ist und wann mein Vater nach Hause kommt. Woher weiß er das?

Natalie, 12 Jahre

Liebe Natalie!

Hunde sind Gewohnheitstiere. Feste Abläufe prägen sich in ihr Zeitgedächtnis ein. Wenn stets zur gleichen Zeit das Futter gereicht wird, stellt sich natürlich der Magen darauf ein und meldet sich entsprechend. Erstaunlicher ist es schon, wenn Hunde die Heimkehr eines Familienmitglieds oder eines regelmäßigen Besuchers „wissen", noch bevor der Betreffende das Haus erreicht hat. Die meisten Hunde werden dann unruhig, laufen hin und her oder winseln. Sicher macht sich Euer Hund auch bemerkbar.
Ihre innere Uhr zeigen Hunde manchmal auch auf andere Weise. So gab es vor allem auf dem Land so manchen Hund, der stets zur gleichen Zeit loslief, um ein Kind von der Schule abzuholen. Wenn man einen solchen Hund einsperrte, versuchte er mit allen Mitteln auszubrechen, um seinen gewohnten Gang zu tun. Ähnliches berichten Hundebesitzer über feste Zeitpunkte beispielsweise für Spaziergänge, zum Zeitungholen und für andere Gewohnheiten, auf denen ihre Hunde nachdrücklich bestehen. Dieses Zeitgespür ist eine Art „sechster Sinn".

Warum sträuben sich die Rückenhaare?

Ich führe manchmal mit meiner Freundin zusammen die Hunde von unserem Hausbesitzer aus. Wenn wir anderen Hunden begegnen, sträubt sich bei beiden oft das Rückenfell vom Hals bis zum Schwanz. Haben sie dann Angst?

Sonja, 13 Jahre

Liebe Sonja!

Das Aufstellen der Rückenhaare gehört zum sogenannten Imponiergehabe, wie beispielsweise auch das Hochstellen der Rute und brummendes Knurren. Indem er dieses Verhalten zeigt, will ein Hund auf einen Artgenossen oder auf ein anderes Tier Eindruck machen.
Durch die aufgestellten Rückenhaare wirkt ein Hund ein bißchen größer und imposanter. Das Fellsträuben kann in unterschiedlicher Stärke vor sich gehen. Manchmal ist es nur angedeutet. Dann richten sich die Haare nur über den Schultern etwas auf. Treffen aber beispielsweise zwei Rüden aufeinander, wenn eine Hündin in der Nähe ist, dann können sie regelrechte „Bürsten" bis zu einer Handbreite entwickeln, die sich über den ganzen Rücken ziehen. Aus dem Imponieren entsteht dann oft echtes Drohen. Wenn keiner klein beigibt, kann sich daraus eine Rauferei entwickeln.
Das Fellsträuben ist übrigens möglich, weil Hunde an den Haarbälgen winzige Muskeln haben, die sich automatisch zusammenziehen, wenn der Hund sich aufregt. Diese Fähigkeit ist allerdings bei langhaarigen Hunden manchmal eingeschränkt.

Warum tobt unser Hund herum?

Basco, unser Bobtail, ist lieb und folgt auch ziemlich gut. Aber wenn jemand zu Besuch kommt, stellt Basco alles mögliche an, was er sonst nicht macht. Er tobt herum und scheint irgendwie durchzudrehen. Was kann man dagegen tun?

Ulrike, 12 Jahre

Liebe Ulrike!

Besuch ist für manche Hunde mindestens so aufregend wie für die Menschen, besonders wenn sie sonst nicht viel Abwechslung haben. Diese Hunde wollen dann nicht im Hintergrund stehen. Basco möchte die Aufmerksamkeit der Besucher, aber auch der eigenen Leute auf sich ziehen. Genauso verhalten sich ja oft auch kleinere Kinder, wenn die Erwachsenen sich ihrem Gefühl nach nicht genügend um sie kümmern.
Hunde tun in dieser Absicht dann oft genau das, was ihnen verboten ist. Verbote müssen aber von den Besitzern auch in solchen Situationen durchgesetzt werden. Am besten geschieht das durch Nackenschütteln, nicht aber durch Hochheben am Nacken, wie es oft praktiziert wird.
Ansonsten beruhigen sich solche Hunde am ehesten, wenn der Besuch sich erst einmal ausgiebig mit ihnen beschäftigt. Hundefreundliche Gäste sind meist ohne weiteres dazu bereit, den Hund zu streicheln, mit ihm zu reden und das von ihm angeschleppte Spielzeug zu bewundern. Nach kurzem zieht sich der Hund dann oft von selber zurück.

Können Hunde lachen?

Wir haben einen Schnauzermischling, der Blacky heißt. Wenn er sich freut, schaut er manchmal aus, als wenn er lachen würde. Unsere Biolehrerin hat aber gesagt, daß Tiere nicht lachen können. Ich möchte jetzt gerne wissen, was stimmt.

Rita, 11 Jahre

Liebe Rita!

Viele Menschen wollen Tieren überhaupt keine Gemütsregungen zugestehen. Dabei stecken gerade Hunde voller Gefühle. Sicher lachen sie nicht auf unsere Weise und nicht über Dinge, die wir lustig finden. Aber wenn ein Hund sein Maul öffnet, so daß man die Zunge sieht, wenn er gleichzeitig die Mundwinkel weit nach hinten und oben zieht und die Ohren nach hinten stellt – ja, dann kann man durchaus von einem Lachen sprechen. Zumal dieser Ausdruck fast immer auftritt, wenn ein Hund in offensichtlich freudiger Stimmung ist. Das kann zum Beispiel beim Spielen sein oder bei der Ankunft einer bei ihm beliebten Person. Manchmal scheint ein Hund auch aus Verlegenheit zu lachen, nämlich wenn er nicht genau weiß, ob er sich gerade falsch verhalten hat oder nicht.
Die Mimik von Hunden ist auch sonst sehr aussagekräftig. Hunde drücken eine Menge von Gemütsregungen deutlich im Gesicht und durch die Ohrenhaltung aus. Deutlich erkennen kann man zum Beispiel Angst, Unbehagen, Müdigkeit, Erwartung, Zorn, Angespanntheit und vieles mehr.

Stimmt es, daß Hunde um ihre Besitzer trauern?

Vor ein paar Monaten ist mein Onkel gestorben. Wir haben seinen Husky Nicki aufgenommen, der vorher schon oft bei uns war. Jetzt ist Nicki aber nicht mehr so lebhaft wie früher. Meine Eltern meinen, daß er trauert. Kann das sein?

Jan-Christian, 14 Jahre

Lieber Jan-Christian!

Deine Eltern haben mit ihrer Vermutung wohl recht, obwohl ein Hund natürlich auch durch das Altern ruhiger wird. Hunde spüren es vermutlich, wenn ihr Besitzer verstorben ist. Auf jeden Fall merken sie, daß er nicht mehr da ist, und vermissen ihn meist sehr. Es soll sogar Hunde geben, die das Grab ihrer Herrin oder ihres Herrn freiwillig nicht verlassen und die Futteraufnahme verweigern. Auch wenn nicht jede Trennung so dramatische Folgen hat – ein Hund kann durchaus ganz ähnlich wie ein Mensch unter anhaltendem Trennungsschmerz leiden. Das ist vor allem dann der Fall, wenn er viele Jahre mit seinem Besitzer gut und eng zusammengelebt hat. Zusätzlich zieht der Hund dann oft in eine andere Umgebung um. Selbst wenn er so wie Nicki von einer Familie aufgenommen wird, die er schon kennt, muß er sich doch erst auf die neue Lebenssituation einstellen. Nicki braucht vielleicht noch einige Zeit, um mit seiner Trauer fertigzuwerden. Mit Zuneigung, Verständnis und Geduld kann man ihm dabei helfen, daß er sich allmählich in seiner neuen Familie ganz wohl fühlt.

HALTUNG UND PFLEGE

Hunde gehören zu den beliebtesten Haustieren. Allerdings sind sie keineswegs „pflegeleicht“.
Für Hunde braucht man Zeit. Ein Hund will jeden Tag gefüttert, gepflegt und beschäftigt werden. Er braucht tägliche Spaziergänge – bei jedem Wetter, zu jeder Jahreszeit und auch dann, wenn man selber gerade wenig Lust oder Zeit dazu hat. Wenn der Hund krank wird, muß man Zeit für den Gang zum Tierarzt und für die Krankenpflege haben. Wird man selbst krank oder muß ohne Hund verreisen, muß jemand in der Familie oder im Bekanntenkreis ihn zuverlässig betreuen.
Hunde kosten Geld, nicht nur in der Anschaffung. Es fallen regelmäßig Ausgaben für Futter, Ausrüstung, Pflegemittel, Steuer, Haftpflichtversicherung und Gesundheitsvorsorge wie Impfungen an. Dazu können noch Kosten für tierärztliche Behandlung bei Krankheiten oder Verletzungen, für Ausbildung, Sport oder Zuchtschauen kommen.
Wer sich einen Hund anschafft, muß bereit sein, für ihn die volle Verantwortung zu übernehmen – ein ganzes Hundeleben lang. Leider bestätigen die zahllosen ausgesetzten, mißhandelten und vernachlässigten Hunde, daß längst nicht jeder Hundehalter ein wirklicher Hundefreund ist.

Wie überrede ich meine Eltern zu einem Hund?

Ich möchte so gern einen eigenen Hund haben, aber meine Eltern erlauben es nicht. Sie sagen, daß ein Hund viel Arbeit macht und man mit ihm dauernd angebunden ist. Wie kann ich sie überzeugen, daß ich mich gut um ihn kümmern werde?

Kai, 11 Jahre

Lieber Kai!

So wie Dir geht es vielen Kindern und Jugendlichen. Ihre Eltern lehnen die Haltung eines Hundes ab, weil sie selber keine Erfahrung und kein Bedürfnis in dieser Richtung haben. Wenn die Eltern sich dann doch überreden lassen, gibt es häufig schon bald Probleme, etwa wenn der Hund die Wohnung schmutzig macht. Leider muß der junge Besitzer seinen Hund dann oft wieder weggeben, und das ist für beide sehr traurig.
Viele Kinder und Jugendliche haben zwar den guten Willen, ihren Hund richtig zu betreuen, aber oft kommen sie nicht dazu. Da sind Schule, Sport, Ausflüge, Krankheiten und vieles mehr. Eltern, die keine Beziehung zu dem Tier haben, beschäftigen sich dann auch nicht mit ihm. So ist ein Hund schnell vernachlässigt.
Erkundige Dich doch, ob Du Dich nicht erst einmal um einen Hund aus der Nachbarschaft kümmern kannst. Du könntest ihn anfangs regelmäßig ausführen und ihn ein bißchen pflegen. Später darfst Du Deinen Pflegehund vielleicht auch für ein paar Tage mit nach Hause nehmen. Wenn Deine Eltern sehen, daß Du es ernst meinst, stimmen sie eventuell doch einem eigenen Hund zu!

Welchen Hund soll ich mir wünschen?

Endlich geht mein größter Wunsch in Erfüllung: Ich darf einen Hund haben! Wir wohnen am Stadtrand ganz nahe am Wald in einem Haus mit Garten. Da ich alle Hunde mag, weiß ich jetzt nicht, was für einen ich mir wünschen soll!

Claudia, 13 Jahre

Liebe Claudia!

Natürlich ist es schön für Dich, daß Du jetzt einen Hund bekommst. Und die Voraussetzungen bei Dir zu Hause sind grundsätzlich günstig dafür, daß sich der Hund auch wohl fühlt. Doch Hunde allgemein mögen oder mit einem Hund zusammenleben, das sind zweierlei Dinge. Der Hund sollte schon einigermaßen zu Dir passen. Wenn Du eher ruhig veranlagt bist, wird Dich ein allzu lebhafter Vierbeiner vielleicht bald nerven. Hast Du Lust, jeden Tag langes Fell gründlich zu bürsten? Dann käme ein langhaariger Hund in Frage. Soll Dein Hund im Wald frei laufen können? Dann solltest Du Dich nicht gerade für eine Rasse entscheiden, bei der der Jagdtrieb noch stark entwickelt ist. Nimmst Du einen Hund gern auf den Arm? Dafür eignen sich nur die kleineren Rassen.

Allerdings solltest Du Dich mit ein paar grundsätzlichen Fragen begnügen. Entscheidend ist Euer persönliches Verhältnis zueinander, Ihr müßt Euch verstehen! Rechne damit, daß Dein Hund Eigenschaften entwikkelt, von denen Du beim Kauf keine Ahnung hattest. Denn Hunde sind recht individuelle Persönlichkeiten!

Woher bekommt man einen Hund?

Meine Großeltern wollen uns einen Schnauzer oder Terrier schenken, vielleicht auch einen Mischling mit so einer Rasse drin. Aber wo sollen wir uns am besten umschauen?

Dagmar, 12 Jahre

Liebe Dagmar!

Einen Rassehund suchst Du Dir am besten bei einem Züchter aus, der nur ein oder zwei Rassen züchtet. Adressen bekommst Du beispielsweise über den Verband für das deutsche Hundewesen (VDH, Postfach 10 41 54, 44041 Dortmund), aber auch über Zeitungsinserate oder von Leuten, die bereits einen Rassehund haben.
In Tierheimen kann man sowohl reinrassige Hunde als auch Mischlinge vorfinden. Für Hunde aus dem Tierheim braucht man aber manchmal sehr viel Geduld und Verständnis, weil sie oft eine schlimme Vergangenheit haben. Es gibt dort jedoch auch ganz unkomplizierte Tiere. Aus Privathand nimmt man einen Hund meist dann, wenn man die Familie und den Hund bereits kennt oder wenn wirklich triftige Gründe dafür nachgewiesen werden, weshalb der Hund abgegeben wird. In diesem Fall ist es sinnvoll, sich den bisher behandelnden Tierarzt nennen zu lassen. Kaufe bitte keinen Hund im Versandhandel! Leider ist es immer noch nicht verboten, Hunde in Kartons zu stecken und als Bahnfracht zu verschicken. Kein echter Hundefreund unterstützt einen solchen fragwürdigen Tierhandel – und Du willst das sicher auch nicht!

Darf mein Hund in mein Bett?

Unsere kleine Pudelin Daisy hat ihr eigenes Körbchen. Meistens schläft sie nachts aber bei mir im Bett. Meine neue Freundin hat jetzt gesagt, daß ein Hund im Bett nichts verloren hat. Sie mag Daisy überhaupt nicht. Was soll ich tun?

Eileen, 10 Jahre

Liebe Eileen!

Natürlich ist ein Bett nicht gerade der richtige Platz für einen Hund. Aber wenn man es ihm einmal erlaubt hat, kann man es ihm nicht auf einmal wieder verbieten. Daisy wäre dann bestimmt verunsichert und würde das Vertrauen zu Dir verlieren. Und wenn es weder Dich noch Deine Eltern bisher gestört hat, besteht auch kein Grund, daran etwas zu ändern.
Deine Freundin muß ja nicht in Deinem Bett schlafen, und es geht sie auch gar nichts an, ob Dein Hund darin liegen darf. Vielleicht beneidet sie Dich sogar um Daisy und ist in Wirklichkeit traurig, weil sie selber keinen Hund haben darf. Rede doch mal mit ihr darüber! Auf keinen Fall solltest Du Daisy vernachlässigen, nur um Deiner Freundin einen Gefallen zu tun. Ansonsten brauchst Du niemandem auf die Nase zu binden, daß Dein Hund es so bequem liebt wie Du selber! Wie Du gemerkt hast, haben nicht alle Leute dafür Verständnis. Im übrigen gab und gibt es viele berühmte Leute, die ihre Hunde mit ins Bett nahmen. Aber auch wenn man dagegen ist: Ein Hund sollte auf jeden Fall in dem Haus schlafen, zu dem er gehört.

Wie wird ein Welpe stubenrein?

Ich darf mir demnächst einen Welpen der Rasse Weißer Schäferhund aussuchen. Wie bekomme ich ihn stubenrein?

Jutta-Katrin, 14 Jahre

Liebe Jutta-Katrin!

Wenn Welpen von ihrer Mutter wegkommen, müssen sie lernen, Kot und Harn kontrolliert abzusetzen. Blase und Darm eines jungen Hundes melden sich meist unmittelbar nach dem Schlafen, nach Futter- und Wasseraufnahme und nach Aktivitäten.

Jedesmal, wenn der Welpe gerade aufgewacht ist, wenn er gefressen, getrunken oder gespielt hat, muß man ihn sofort an einen Platz ins Freie bringen, an dem er sich lösen darf und soll. Lobe ihn immer ausgiebig, wenn es geklappt hat! Wenn er in der Wohnung Kot oder Harn absetzt, darf er dafür nicht ausgeschimpft werden. Nur wenn Du ihn direkt auf frischer Tat ertappst, kannst Du ihn mit einem deutlichen „Pfui, nein!“ bremsen.

Steck bitte niemals sein Näschen in seine eigenen Fäkalien! Dies ist eine Grobheit, die einen jungen Hund einschüchtert, aber nicht belehrt. Viele Welpen fangen bereits nach wenigen Tagen der Erziehung an, sich zu melden, wenn sie „müssen“, und sind nach einigen Wochen völlig stubenrein. Bei Aufregung kann aber sogar erwachsenen Hunden noch ein Malheur passieren. Man schimpft sie dann nicht aus, sondern beruhigt sie – es ist ihnen nämlich meist sehr peinlich.

Wie erziehe ich meinen Hund zum Folgen?

Wir haben einen Boxer, der jetzt sieben Monate alt ist. Er gehorcht schon auf „Sitz!“ und „Fuß!“, aber beim Freilaufen hört er nicht immer auf mich oder meinen Bruder. Wie bringe ich ihm bei, daß er kommt, wenn ich ihn rufe?

Bianca, 11 Jahre

Liebe Bianca!

Du hast ein weitverbreitetes Problem. Für Deinen Hund ist die Umgebung unterwegs oft so interessant, daß er das Folgen einfach „vergißt“. Außerdem ist er in einem Alter, in dem viele Hunde anfangen, nicht mehr auf ihre Besitzer zu hören. Sie sind in der Pubertät, der Übergangsphase vom Kindsein zum Erwachsenenleben. Bei manchen Hunden geht die Pubertät ohne Auffälligkeiten vorüber, andere flippen aber regelrecht aus und vergessen alles, was sie bis dahin schon gelernt haben.
Auf keinen Fall darfst Du hinter Deinem Hund herlaufen, wenn er herumrennt und nicht zurückkommt. Er würde das als Spiel auffassen. Bei manchen Hunden hilft es, von ihnen wegzugehen, wenn sie auf Rufen nicht kommen. Sie laufen dann hinter ihrem Besitzer her und sind froh, daß sie ihn wiederhaben. Eine andere Möglichkeit besteht darin, einem unfolgsamen Hund beispielsweise eine Erdscholle (keinen Stein oder ähnliches wegen der Verletzungsgefahr!) hinterherzuwerfen.
Wenn er dann kommt, muß der Hund ausgiebig gelobt werden. Für die Grunderziehung eines Hundes gibt es auch Kurse in Hundeschulen, die nicht sehr teuer sind.

Wie oft muß ein Hund gebürstet werden?

Meine Mutter sagt, ich soll nicht so viel an unserem Hund Berno herummachen, weil ich ihn jeden Tag bürste. Davon soll angeblich das Fell dünn werden. Stimmt das?

Daria, 11 Jahre

Liebe Daria!

Regelmäßige, möglichst tägliche Fellpflege ist für die Gesundheit eines Hundes sehr wichtig. Beim Bürsten werden abgestorbene Haare, Hautschuppen, Staub und Schmutz entfernt. Gleichzeitig wird das Fell gelockert und gelüftet, und die Haut wird massiert und gut durchblutet.

Wenn Du zu kräftig bürstest, kannst Du jedoch Bernos Haut aufschürfen und gesundes Haar splissen oder ausreißen. Wichtig ist auch das richtige Pflegeutensil. Du schreibst nicht, was für ein Fell Berno hat, deshalb hier ein paar allgemeine Tips:

Für kurz- und drahthaarige Hunde nimmt man zur normalen Pflege eine mäßig harte Bürste oder einen Gummistriegel mit Noppen. Ein Langhaarhund wird behutsam gekämmt, dann gebürstet! Seidenhaar pflegt man mit einer weicheren Bürste. Für krauses Wollhaar und ähnlich dichtes Fell gibt es spezielle Drahtbürsten.

Stark verschmutztes Fell reinigt man möglichst sofort mit einem nassen Schwamm und reibt es trocken. Danach wird es gebürstet. Während des Haarwechsels im Frühjahr und im Herbst wirst Du zur Fellpflege übrigens mehr Zeit aufwenden müssen als sonst!

Warum muß ein Hund getrimmt werden?

Der Hund von meiner Oma ist ein Zwergschnauzer. Er heißt Rico. Als ich neulich mit ihm beim Tierarzt war, hat jemand gesagt, daß man Rico mal trimmen müßte. Was bedeutet das? Soll Rico auf einem Trimm-dich-Pfad trainieren?

Ute-Sabine, 9 Jahre

Liebe Ute-Sabine!

Unter Trimmen versteht man bei Hunden keine sportliche Aktivität, sondern eine besondere Art, das Fell zu kürzen. Das Wort ist direkt von dem englischen Wort „to trim“ abgeleitet, es bedeutet Haare schneiden. Das Fell des Hundes wird dabei in eine besondere Form gebracht. Trimmen kann man, indem man abgestorbene Haare mit den Fingern auszupft. Gesundes Haar wird mit Daumen und Zeigefinger oder mit einem speziellen Trimm-Messer gekürzt. Bei manchen Rassen bekommt ein Hund durch das Trimmen ein etwas anderes Aussehen. Dazu gehören alle Schnauzer und viele Terrierrassen. Manchmal benutzt man den Begriff auch für die Schur, bei der die Hunde ein stark verändertes Haarkleid erhalten. Besonders bekannt für Modellschuren sind die Pudel.
Trimmen kann man einen Hund selber, wenn man etwas von der Sache versteht. Ansonsten gibt es dafür Hundesalons mit eigens geschulten Mitarbeitern.
Zwingend vorgeschrieben ist das Trimmen aber nur für Hunde, die auf Ausstellungen vorgeführt werden.

Darf ich meinen Hund baden?

Wir haben einen kleinen griechischen Laufhund. Lisi läßt sich nicht gern baden. Jetzt habe ich gelesen, daß man Hunde sowieso nicht so oft baden soll. Warum denn nicht?

Frauke, 11 Jahre

Liebe Frauke!

Hunde braucht man nur selten zu baden, um sie sauberzumachen. Am besten ist es, wenn man es nur ausnahmsweise macht, etwa wenn der Hund sich über und über mit Schlamm besudelt hat. Beim Baden wird der Haut des Hundes und den Haaren Fett entzogen, das den Hund vor extremen Temperaturen schützt. Badet man ihn zu oft, dann kann die Haut nicht mehr ausreichend Fett nachproduzieren und wird gereizt. Außer der Empfindlichkeit gegen Wettereinflüsse sind oft Hautekzeme und sogar Haarausfall die Folge.
Wenn Du Lisi unbedingt baden willst, mußt Du einige Dinge beachten, damit es für sie keine Strapaze wird. Das Badewasser sollte eine Temperatur zwischen 25 und 30 Grad Celsius haben. Verwende nur ein mildes Shampoo, das die Haut nicht reizt, zum Beispiel ein Babyshampoo oder ein spezielles Fellwaschmittel. Das Wasser darf dem Hund nur bis zum Bauch reichen und weder in die Augen noch in die Ohren gelangen. Nach dem Einshampoonieren mußt Du das Mittel gründlich ausspülen. Reibe den Hund dann gut trocken! Bei kühlem Wetter darf er in den nächsten Stunden nur kurz ins Freie, um sich zu lösen.

Braucht mein Hund etwas zum Anziehen?

Unsere Rottweilerhündin Danny zittert öfters, wenn man mit ihr spazierengeht. Mein Vater meint, wir sollten ihr einen Umhang kaufen. Meine Mutter sagt dagegen, daß das schädlich ist, weil Danny dann verweichlicht. Was ist denn nun richtig?

Astrid, 12 Jahre

Liebe Astrid!

Hunde zittern, wenn ihnen kalt ist, aber zum Beispiel auch bei Schmerzen oder wenn sie Angst haben. Eure Hündin Danny sollte erst einmal gründlich von einem Tierarzt untersucht werden, um die Ursache für das auffallende Zittern herauszufinden.
Allgemein können sich Hunde recht gut an unterschiedliche Temperaturen und Wetterlagen anpassen und frieren höchstens kurzfristig. Ein gesunder Hund braucht keine Wetterbekleidung. Allerdings trifft man manche Hundebesitzer, die bei einem Spaziergang stundenlang mit anderen Leuten zusammenstehen und tratschen, während die Hunde – statt laufen zu dürfen – neben ihnen sitzen und warten müssen. Bei Kälte und Nässe fangen dann auch ansonsten robuste Hunde zu frieren an. Deshalb bekommen beispielsweise auch Diensthunde, die längere Zeit bei starker Nässe an einem Platz ausharren müssen, eine Schutzdecke übergelegt. Auch wenn ein Hund nach einem Unfall verletzt liegenbleibt oder einen Schock hat, muß er mit einer wärmenden Decke eingehüllt werden, damit er sich nicht unterkühlt.

Wieviel Auslauf braucht ein Hund?

Asta ist unser Dobermannweibchen. Wir gehen oft mir ihr spazieren, aber nicht jeden Tag, weil wir ein ziemlich großes Grundstück haben, auf dem Asta herumlaufen kann. Sie ist aber ein bißchen dick. Braucht sie mehr Auslauf?

Nadine, 13 Jahre

Liebe Nadine!

Dick wird ein Hund meist dann, wenn er über die Nahrung mehr Energie erhält als er verbrauchen kann. Dann ist die Futtermenge zu groß und/oder das Futter zu gehaltvoll, und die körperliche Betätigung ist zu gering. Der Energiebedarf ist jedoch bei den einzelnen Rassen unterschiedlich. Außerdem hängt er vom Alter des jeweiligen Hundes ab, von seinem Gesundheitszustand und von eventueller besonderer Beanspruchung.
Selbst auf einem weitläufigen Grundstück kann sich ein Hund nur bedingt die Bewegung verschaffen, die er braucht. Auslauf und Freilauf bieten einem Hund nämlich so manche Abwechslung und den Kontakt mit Artgenossen, zum Beispiel auch gemeinsames Spielen und Rennen. Zu Hause wird ihm das meist nicht geboten.
Das Rezept für Asta könnte heißen: Weniger beziehungsweise weniger gehaltvolles Futter und mehr Bewegung, beispielsweise durch Ballspiele, Freilauf zusammen mit anderen Hunden oder durch regelmäßiges Laufen neben dem Fahrrad. Allerdings darf Asta damit auch nicht überfordert werden, Du solltest die Aktivitäten langsam steigern.

Was tun, wenn Hunde unterwegs raufen?

Meine Freundin und ich gehen häufig mit ihren zwei Cockerspaniels raus. Wenn andere Hunde sich uns nähern, habe ich oft Angst, daß es eine Rauferei gibt, obwohl bis jetzt noch nie etwas passiert ist. Wie soll man sich aber dann verhalten?

Hilke, 12 Jahre

Liebe Hilke!

Viele Hunde vertragen sich problemlos mit ihren fremden Artgenossen. Manche haben aber Angst vor größeren Hunden und knurren oder bellen sie an. Damit ziehen sie leicht deren Ärger auf sich. Außerdem gibt es führungsstarke Hunde, die sich jeden fremden Artgenossen unterordnen wollen. Meist gehen Rüden auf Rüden und Hündinnen auf Hündinnen los. Vernünftige Besitzer leinen ihre Hunde rechtzeitig an.
Gegen unberechenbare frei laufende Hunde gibt es aber leider kein Patentrezept, nur ein paar allgemeine Regeln: Niemals zwischen die Hunde greifen – das kann böse Verletzungen geben! Man sollte sie allenfalls mit einem Stock voneinander abdrängen. Wenn die Hunde etwa gleich stark sind, geht man besser von ihnen weg, um den Kampftrieb nicht zusätzlich anzustacheln. Kleinen Hunden kann man eventuell ein Tuch oder eine Jacke überwerfen, um sie einem stärkeren Angreifer zu entziehen. Man sollte sie aber möglichst nicht auf den Arm nehmen, weil dies größere Hunde oft erst recht aggressiv macht. Wenn Du große Angst hast, solltest Du auf jeden Fall nicht allein mit Hunden spazierengehen!

Warum verträgt Hexe das Autofahren nicht?

Wir haben zwei Beagle, Billi und Hexe. Billi fährt sehr gern Auto, es macht ihm gar nichts aus. Aber Hexe zittert immer beim Autofahren, und manchmal spuckt sie sogar. Was kann man dagegen tun?

Kerstin, 10 Jahre

Liebe Kerstin!

Manchen Hunden geht es wie einigen Menschen auch: Ihnen bekommt das Mitfahren in schnellen und schaukelnden Fahrzeugen nicht gut. Angst und Aufregung spielen dabei oft eine Rolle, vor allem aber hängt das Problem mit dem Gleichgewichtssinn zusammen. Durch die Bewegung des Fahrzeugs gerät er durcheinander. Dann wird einem schwindlig und schlecht.
Um Hexe zu helfen, solltest Du ihr vor jeder längeren Autofahrt ein Medikament gegen Reiseübelkeit geben, das Du vom Tierarzt bekommst. Wichtig ist es auch, sie nicht unmittelbar vor Fahrtantritt zu füttern. Außerdem sollte der Fahrer stets darauf achten, daß er nicht zu rasant in Kurven fährt und nicht zu scharf bremst. Zusätzlich hilft es, öfters haltzumachen und für frische Luft im Wagen zu sorgen, besonders an heißen Tagen! Wenn Hexe sich dennoch erbrochen hat, darf sie nicht dafür ausgeschimpft werden. Bietet ihr dann frisches Wasser an und führt sie ein wenig spazieren, falls sie sich nicht lieber in einen kühlen Winkel legt. Manchmal kann man empfindliche Hunde durch kürzere, ruhige Fahrten besser ans Autofahren gewöhnen.

Kann man Hunde im Flugzeug mitnehmen?

Meine Eltern und ich wollen demnächst meine große Schwester in den USA besuchen. Wir würden gern unseren Yorkshire-Terrier mitnehmen, weil seine Pflegefrau in der Zeit auch im Urlaub ist und wir ihn nicht in eine Tierpension geben wollen. Geht das denn?

Janine, 12 Jahre

Liebe Janine!

Grundsätzlich ist es möglich, Hunde in Flugzeugen zu befördern. Man muß aber rechtzeitig anfragen und buchen, auch für die Rückreise. Kleine Hunde bis etwa fünf Kilogramm können bei manchen Fluggesellschaften in einem geeigneten Transportbehälter im Passagierraum mitreisen. Meist wird dies aber nur für einen einzigen Hund pro Flug gestattet. Hier ist also ein frühe Anmeldung besonders wichtig. Ansonsten müssen Hunde in gemieteten oder mitgebrachten speziellen Transportboxen untergebracht werden. Sie werden dann im Frachtraum befördert, und für die Besitzer ist es nicht möglich, sich während des Flugs bei ihnen aufzuhalten. Übrigens ist der Transport natürlich nicht kostenlos!
Du mußt Dich auch erkundigen, welche Vorschriften zur Einreise von Hunden in dem betreffenden Einreiseland gelten. Auf jeden Fall ist eine Tollwutschutzimpfung erforderlich. Die genauen Bestimmungen erfährst Du beim zuständigen Konsulat. Auch Reisebüros und Fluggesellschaften geben darüber Auskunft.

Warum muß man Hundesteuer bezahlen?

Wir haben einen Golden Retriever und wollen uns demnächst noch einen zweiten zulegen. Meine Eltern schimpfen aber, daß sie für den neuen Hund dann auch noch Steuern bezahlen müssen. Wieso muß man überhaupt Hundesteuer zahlen?

Marion, 12 Jahre

Liebe Marion!

Das ist eine Frage, die sich wohl jeder Hundebesitzer schon einmal gestellt hat. Der Hund ist nämlich das einzige Haus- und Heimtier, das besteuert wird. Rasse und Abstammung spielen dabei keine Rolle. Die erste Hundetaxe wurde im 19. Jahrhundert von einigen Herrschern angeordnet. Einerseits, um weiteres Geld in die Staats- und Gemeindekasse zu bekommen, zum anderen aber wohl auch, damit die Zahl der Hunde nicht überhandnahm. Heute wird die Hundesteuer in Deutschland von den Gemeinden festgesetzt und eingezogen. Je nach Wohnort liegt sie für den ersten Hund bei etwa 80 bis 250 Mark pro Jahr für den zweiten und jeden weiteren Hund muß oft jeweils das Doppelte bezahlt werden. Befreiung von der Steuer gibt es nur für Arbeits- und Diensthunde. Für Zuchtzwinger gibt es eine Sonderregelung. Auch in Österreich und der Schweiz wird Hundesteuer erhoben. Das ist aber nicht überall so. In einigen Staaten muß man Hunde zwar anmelden, braucht aber nur eine einmalige Anmeldegebühr zu bezahlen. In manchen Ländern werden sogar überhaupt keine Abgaben für die Hundehaltung verlangt.

Soll ich meinen Hund tätowieren lassen?

Als wir unseren Hund aus dem Tierheim geholt haben, sagte die Leiterin, wir sollten ihn tätowieren lassen. Wozu ist das gut? Und tut das dem Hund nicht weh?

Vera, 13 Jahre

Liebe Vera!

Bei einer Tätowierung werden mit einer Spezialzange oder einem Stift Zeichen dauerhaft in die Haut geprägt. Bei Hunden kann man solche Kennzeichen beispielsweise an der Innenseite des Ohres oder des Oberschenkels anbringen lassen. Eine Tätowierung nimmt der Tierarzt in Narkose vor, damit sie für den Hund schmerzlos ist. Die Kennzeichnung, meist eine Buchstaben-Ziffern-Kombination, wird in das Verzeichnis einer Tierschutzorganisation aufgenommen, etwa in das Zentrale Haustierregister beim Deutschen Tierschutzbund oder in das TASSO-Haustier-Register. Diese Eintragung erfolgt teils kostenlos, teils gegen ein Entgelt. Bei einigen Organisationen ist auch eine Mitgliedschaft erforderlich.
Rassehunde bekommen häufig schon als Welpen eine Züchternummer eintätowiert. Man kann aber auch erwachsene Hunde in jedem Alter noch tätowieren.
Mit Hilfe der Kennzeichnung läßt sich schnell der Besitzer eines gefundenen Hundes ausfindig machen, der entlaufen oder verunglückt ist. Außerdem tun sich Hundediebe schwerer, ein tätowiertes Tier zu verkaufen. Die Tätowierung entbindet jedoch nicht von der Pflicht, seinen Hund genügend zu beaufsichtigen.

Ist ein zweiter Hund notwendig?

Unser Schäferhund Max ist jetzt fast zwei Jahre alt. Tagsüber haben wir ihn im Haus, nachts kommt er in den Zwinger. Wir gehen auch jeden Tag mit ihm spazieren. Da will er dann immer zu allen Hunden hin, denen wir begegnen. Sollten wir vielleicht besser einen zweiten Hund anschaffen?

Vanessa, 12 Jahre

Liebe Vanessa!

Hunde haben sich so gut an den Menschen angepaßt, daß man sie durchaus allein halten kann. Wichtig ist aber trotzdem gerade bei der Einzelhaltung, daß ein Hund regelmäßig Kontakt zu seinen Artgenossen bekommt. Vor allem junge Hunde gehen meist sehr neugierig auf jeden Artgenossen zu, um ihn kennenzulernen. Kurzes Beschnuppern oder gemeinsames Ausführen an der Leine reichen aber nicht aus. Hunde sollten sich richtig miteinander beschäftigen können, also frei laufen und rennen, rangeln, schnuppern und so weiter. Einzelhaltung, die einen Hund von seinen Artgenossen völlig abschottet, macht ihn unsicher und oft auch aggressiv. Wenn er dann auch noch von den Menschen isoliert wird, handelt es sich eindeutig um Tierquälerei!
Ihr müßt also nicht unbedingt einen weiteren Hund anschaffen. Aber laß deinen Max so oft es geht mit anderen Hunden laufen, möglichst auch solchen, die gut mit ihm mithalten können. Eine enge Freundschaft kann aber ohne weiteres auch zwischen sehr kleinen und recht stattlichen Hunden entstehen.

Warum läuft unser Hund zu seinem alten Besitzer zurück?

Wir haben einen Berner Sennenhund von einer Familie, die ihn nicht mehr behalten wollte. Zwar ist bei uns nicht soviel Platz wie auf dem Hof dort, aber Carli geht es bestimmt besser als vorher! Trotzdem ist er schon zweimal zu seinen alten Besitzern zurückgelaufen. Warum bloß?

Philipp, 11 Jahre

Lieber Philipp!

Euer Carli hat offenbar Heimweh nach seiner alten Familie. Je länger ein Hund bei einer Familie lebt, um so mehr fühlt er sich ihr zugehörig, selbst wenn die Haltung nicht ganz optimal ist. Eine Trennung kann für einen Hund noch schlimmer sein als für einen Menschen, weil man ihm den Grund ja nicht erklären kann. Vielleicht zieht es Carli aber auch gar nicht direkt zu den Leuten, sondern zu der vertrauten Umgebung hin. So große Hunde brauchen viel Platz um sich herum. Der Wechsel von einem großen Hof, auf dem er sich frei bewegen konnte, in eine normale Wohnung mit kleinem Garten kann einem solchen Hund sehr schwerfallen. Dazu kommt die Umgewöhnung an die neuen Leute.
Das Schlimme bei Carli ist, daß die alten Besitzer ihn ja nicht mehr haben wollen. Vielleicht nützt es etwas, wenn Ihr noch einige Male mit ihm auf den Hof geht, ihn dort aber nicht von der Leine laßt. Außerdem solltet Ihr versuchen, ihm möglichst viel Abwechslung und Beschäftigung zu bieten.

Was tun mit einem Findling?

Eine Freundin meiner Mutter hat aus Griechenland zwei Welpen mitgebracht, die jemand in eine Mülltonne geworfen hatte! Auch bei uns werden ja immer wieder Hunde ausgesetzt. Was soll man tun, wenn man einen solchen Hund findet?

Waltraud, 14 Jahre

Liebe Waltraud!

Es ist schön, daß Du Dir Gedanken über dieses Problem machst! Leider werden zahllose Hunde von verantwortungslosen Leuten ausgesetzt – vor allem, aber nicht nur in den Urlaubszeiten. Häufig wird das Tier irgendwo weit von seinem Zuhause entfernt angebunden, damit es nicht mehr heimfindet. Bis der ausgesetzte Hund von jemandem entdeckt wird, können Stunden, ja Tage vergehen! Das erste, was man tun sollte ist, dem Hund frisches Wasser anzubieten. Dann bringt man ihn am besten zur nächsten Polizeiwache. Wenn zu befürchten ist, daß der verstörte Hund Helfer aus Angst angreifen könnte, verständigt man besser gleich die Polizei oder ein Tierheim.
Grundsätzlich muß man ein Findeltier immer melden, auch wenn man es zu sich nehmen will. Nach einer Wartefrist bekommt man das Tier dann in der Regel zugesprochen, da die früheren Besitzer oft nicht zu ermitteln sind.
Auf jeden Fall muß man einen gefundenen Hund schleunigst einem Tierarzt vorstellen, denn ausgesetzte Tiere sind oft krank oder voller Parasiten.

Stimmt es, daß herrenlose Hunde getötet werden?

Wir haben Tinto, einen Doggen-Jagdhund-Mischling, von einer Frau, der die Arbeit mit ihm zuviel wurde. Sie hatte ihn aus einem Tierheim geholt. Dort hat man ihr gesagt, daß er eingeschläfert wird, wenn sie ihn zurückgibt. Stimmt das?

Doris, 12 Jahre

Liebe Doris!

Bei uns vermeidet man möglichst, einen gesunden Hund zu töten. In anderen Ländern macht man allerdings mit herrenlosen Hunden und Katzen oft keine großen Umstände. Dazu muß man wissen, daß in vielen europäischen Ländern, aber beispielsweise auch in den USA, zahllose Tiere sich selber überlassen werden. Sie leben frei und vermehren sich stark. Kaum jemand macht sich die Mühe, streunende Hunde aufzusammeln und zu kastrieren, um die Vermehrung einzudämmen. Statt dessen sind vielfach Tierfänger unterwegs, meist im Auftrag der Gemeinden. Sie fangen streunende Tiere ein und bringen sie in ein sogenanntes Tierasyl. Dort wird für Hunde, die sowieso schon krank und halbverhungert sind, meist nicht viel getan. Unterbringung und Fütterung sind vielfach katastrophal. Nach einer Wartefrist von etwa acht bis zehn Tagen werden die aufgegriffenen Tiere dann getötet. Es gibt aber auch Tierschützer, die sich meist unter erheblichen Problemen bemühen, wenigstens einige der herrenlosen Tiere aufzunehmen und aufzupäppeln.

ERNÄHRUNG

Haushunde sind von Natur aus Gemischtköstler. Das heißt, daß sie zwar in erster Linie Fleisch fressen, aber auch Pflanzenkost zu sich nehmen. Im Gegensatz zu seinen wildlebenden Verwandten muß und kann sich der „zivilisierte" Haushund meist nicht mehr selbst um seine Ernährung kümmern. Er wird zeitlebens gefüttert, sein Ernährungszustand hängt also weitgehend vom Hundehalter ab.

Die einfachste Art, seinen Hund ausgewogen zu ernähren, ist die Verwendung von Fertigfutter. Man braucht dabei lediglich darauf zu achten, daß man für die Hauptmahlzeit ein Produkt wählt, das als Vollkost ausgewiesen ist. Fertigfutter wird hauptsächlich als Feuchtfutter in Dosen, aber auch als Trockenfutter angeboten.

Mit ein wenig Überlegung und Kenntnis der nötigen Nährstoffe kann man das Futter auch selber zusammenstellen. Das ist jedoch mit mehr Arbeit und Zeitaufwand verbunden.

Manche Hunde geben sich allerdings auf Dauer nicht mit ein und demselben Futter zufrieden. Was sie eine Zeitlang mit Begeisterung gefressen haben, kann ihnen von einem Tag zum anderen plötzlich zuwider sein. Andere Hunde bestehen auf ihrem gewohnten Futter und hungern sogar eine Weile, wenn es nicht mehr zur Verfügung steht.

Braucht mein Hund rohes Fleisch?

Mein Onkel bringt aus dem Schlachthof manchmal Schlachtabfälle für unseren Rottweiler Sandro mit. Er sagt, daß Hunde rohes Fleisch brauchen, aber meine Mutter kocht immer alles ab. Ich möchte gern wissen, ob Sandro dadurch etwas fehlt. Er bekommt übrigens auch noch anderes Futter.

Jonas, 12 Jahre

Lieber Jonas!

Die meisten Hunde sind so an das Leben beim Menschen angepaßt, daß sie gut ohne tierische Rohkost auskommen. Es ist sogar sehr empfehlenswert, einen Hund nur mit gekochtem Fleisch zu füttern. Das Fleisch von Haustieren wie Schweinen, Rindern, Schafen und Geflügel, die vom Menschen geschlachtet werden, kann von Bakterien befallen sein. Zum Beispiel von Salmonellen, die bei vielen Hunden zu Fieber und Durchfall führen. Außerdem können Salmonellen durch den Kot auf andere Hunde und auch auf den Menschen übergehen. Beim Kochen werden sie jedoch abgetötet.
Besonders gefährlich ist das Aujeszkysche Virus, das nach seinem Entdecker benannt wurde. Es kommt hauptsächlich in rohem Schweinefleisch vor. Für den Menschen ist es nicht gefährlich, aber für Hunde endet eine Ansteckung ausnahmslos tödlich!
Vor allem bei Fleisch, das nicht der tierärztlichen Fleischbeschau unterliegt, ist auch eine Infektion durch Innenparasiten möglich. Das Fleisch für Sandro sollte also weiterhin abgekocht werden!

Darf ich meinem Hund Fisch geben?

Bei unserem Futterhändler gibt es jetzt auch getrockneten Fisch für Hunde. Ich habe unserem Westi eine Probe Sprotten gegeben, und er hat sie mit Genuß gefressen. Ist es gut, wenn wir ihm öfters Fisch geben?

Petra, 11 Jahre

Liebe Petra!

Fisch enthält meist viel Eiweiß, das ein Hund gut verwerten kann. Viele Fischarten sind aber auch sehr fetthaltig. Man muß also den Fettgehalt der einzelnen Fischarten kennen und die Portionen danach ausrichten. Sicher kann Dich der Futterhändler hierbei beraten. Denk auch daran, daß größere Fische Gräten haben, die auch einem Hund im Hals steckenbleiben und zu Erstickungsanfällen führen können. Oft kann dann nur noch ein schneller Eingriff des Tierarztes helfen!
Trockenfisch mit Haut und Kopf mögen und vertragen nicht alle Hunde. Das liegt unter anderem daran, daß die Fischhaut häufig Giftstoffe enthält, die auch durch Trocknen oder Kochen nicht vollständig vernichtet werden können. Außerdem ist Trockenfisch meist verhältnismäßig stark gesalzen. Magerer, enthäuteter und entgräteter Fisch ist jedoch ein guter Ersatz für Fleisch. In der Regel kann man ein- bis zweimal in der Woche den Fleischanteil im Futter des Hundes durch Fisch ersetzen. Am besten eignet sich frisch gefangener oder tiefgekühlter Fisch. Er muß vor dem Füttern gegart werden, am besten durch Dünsten oder Kochen.

Warum frißt mein Hund Obst und Gemüse?

Unser Hund Kalle ist wie verrückt hinter Äpfeln, Bananen und Karotten her. Er mag auch anderes Obst und Gemüse, aber diese drei Sorten am liebsten. Ist das alles überhaupt gut für ihn?

Anke, 10 Jahre

Liebe Anke!

Viele Hunde mögen Obst und Gemüse sehr gern. Das ist auch grundsätzlich richtig, denn Hunde brauchen – wie alle anderen Tiere – Vitamine. Wölfe und die anderen Wildhunde fressen auch Beeren und Früchte. Größere Mengen Obst und Gemüse sind für Hunde aber weder nötig noch gut. Außerdem muß man hierbei ein paar wichtige Dinge beachten.
Als Gemüsefutter sind roh oder gekocht beispielsweise Karotten und Tomaten geeignet, Spinat nur frischgekocht. Nicht füttern darf man Kohl und Hülsenfrüchte. Sie führen fast immer zu Blähungen, Durchfall und starker Übelkeit. Kartoffeln sind roh ungenießbar, weil die Stärke dann unverträglich ist. Gekocht sind sie aber für viele Hunde sehr bekömmlich.
Bei Steinobst muß man aufpassen, daß der Hund keine Steine verschluckt. Zwetschgensteine enthalten zum Beispiel so viel Blausäure, daß ein Hund davon todkrank werden kann! Weintrauben, Birnen und Kiwis dürfen nur in kleinen Mengen gegeben werden, da sie leicht zu Blähungen führen. Am wenigsten Probleme machen den meisten Hunden Äpfel.

Ist Milch gut für Hunde?

Mein Onkel hat einen Dackel und einen Dackelmischling. Ich wollte den beiden mal Milch geben, weil ich gedacht habe, daß das gesund ist. Aber mein Onkel hat gesagt, daß sie davon Durchfall bekommen. Ist Milch wirklich nichts für Hunde?

Christian, 11 Jahre

Lieber Christian!

Nur neugeborene Hunde brauchen unbedingt Milch, und zwar die von ihrer Mutter. Nach einiger Zeit lernt ein Welpe, auch anderes Futter zu fressen, und wird allmählich von der Muttermilch entwöhnt. Schließlich braucht er sie gar nicht mehr.

Die Milch von „fremden“ Tieren ist anders zusammengesetzt und wird deshalb auch von jungen Hunden meist nicht vertragen. Erwachsenen Hunden bekommt sie überhaupt nicht. Schuld daran ist ein bestimmter Bestandteil der Milch, nämlich der Milchzucker. Den Hunden fehlt ein Verdauungsstoff, der den Milchzucker für sie verträglich machen würde. Deshalb führt „Fremd“-Milch bei den meisten Hunden schnell zu Durchfällen. Bekömmlicher für sie sind Milchprodukte, die kaum mehr Milchzucker enthalten. Dazu gehören Quark und einige Kochkäsesorten.

Du tust also tatsächlich den Hunden Deines Onkels keinen Gefallen, wenn Du ihnen Milch gibst. Man sollte Milch nur dann löffelweise füttern, wenn ein Hund beispielsweise wegen übermäßigen Knochennagens Verstopfung hat.

Wann soll ich meinen Hund füttern?

Basco ist ein Labrador-Bobtail-Mix. Er gehört meiner Großmutter. Weil sie in nächster Zeit viel verreist, soll Basco öfters bei uns sein. Wenn ich bisher zu meiner Oma gekommen bin, durfte ich manchmal nicht mit Basco spielen, weil er gerade gefressen hat. Wie müssen wir ihn füttern, damit ich nach der Schule gleich mit ihm raus kann?

Isabell, 11 Jahre

Liebe Isabell!

Für Basco ist es sicher schon ein große Umstellung, für einige Zeit bei Euch statt bei seiner Besitzerin zu leben. Ihr solltet deshalb den Alltag möglichst so gestalten, wie Basco es gewöhnt ist. Das gilt auch für die Futterzeiten. Wichtig ist es auf jeden Fall, daß Basco nicht zu bald nach dem Fressen herumrennt und -tobt. Gerade bei größeren Hunden kommt es nämlich häufig zu sehr gefährlichen Magenverdrehungen, wenn sie zu schnell nach der Futteraufnahme einer körperlichen Belastung ausgesetzt werden. Helfen kann dann nur noch eine Operation – und auch die nur, wenn sie innerhalb kürzester Zeit nach der Verdrehung vorgenommen werden kann. Laß Basco also mindestens eine Stunde, besser noch zwei Stunden nach einer ausgiebigen Mahlzeit in Ruhe. Du könntest aber *vor* der Fütterung und Deinem Mittagessen mit ihm laufen. In der Natur gibt es ja auch erst nach der Bewegung, beispielsweise zur Nahrungssuche, die Mahlzeit – und anschließend eine Verdauungspause. So bekommt es auch Euch beiden!

Wieviel Wasser braucht ein Hund?

Wir streiten uns zu Hause, ob unser neuer Hund Mischa nur Wasser trinken darf oder auch Sprudel und Fruchtsaft. Außerdem hat jeder eine andere Meinung darüber, wieviel Flüssigkeit ein Hund überhaupt braucht. Können Sie uns weiterhelfen?

Bettina, 13 Jahre

Liebe Bettina!

Grundsätzlich sollte man einem Hund nur sauberes frisches Wasser zu trinken geben, weil ihm dies am besten bekommt. Fruchtsäfte führen leicht zu Durchfällen. Wichtig ist es, dem Hund jeden Tag frisches Wasser hinzustellen und es nachzufüllen, wenn er ausgetrunken hat.

Wissenschaftler haben errechnet, daß die Flüssigkeitsaufnahme im Durchschnitt bei 60 bis 70 Millilitern pro Kilogramm Körpergewicht liegt. Wenn durch das Futter reichlich Feuchtigkeit zugeführt wird, braucht der Hund entsprechend weniger zu trinken. Je mehr Flüssigkeit beim Atmen und über Harn und Kot abgegeben wird, um so mehr muß auch wieder zugeführt werden.

Das ist vor allem dann ganz wichtig, wenn ein Hund Durchfall hat! Er muß jetzt mehr als gewöhnlich trinken, um den Flüssigkeitsverlust auszugleichen. Der Organismus kann sonst die Körpertemperatur nicht mehr ausreichend regulieren und Giftstoffe nicht ausscheiden.

Den Durchschnittsbedarf Deines Hundes kannst Du also errechnen, wenn Du Mischa gewogen hast.

Warum frißt mein Hund Gras?

Beim Spazierengehen frißt unser Hund oft Gras, aber er spuckt nie danach. Von anderen Hunden weiß ich, daß sie auch Gras fressen, es aber dann wieder erbrechen. Was kann das Grasfressen für Ursachen haben?

Silke, 12 Jahre

Liebe Silke!

Saftiges junges Gras ist für viele Hunde eine beliebte und wohl auch notwendige Ergänzung ihres Futters. Hunde mögen ja auch die halbverdauten Pflanzenreste in Tiermägen – so wie ihre wildlebenden Verwandten, die die Mägen und Därme ihrer Beutetiere samt Inhalt fressen. Wenn Dein Hund Gras frißt, geht er also einem ganz natürlichen Bedürfnis nach. Laß ihn dies ruhig weiter tun, nur sollte er nicht gerade stark schadstoffbelastetes Gras fressen, etwa vom Rand einer Straße oder eines gedüngten Ackers.
Grasfressen kann aber auch ein Hinweis auf Unwohlsein sein. Meist sucht sich der Hund dann lange, faserige Grashalme aus. Die Ursache kann unbekömmliches Futter sein. Häufig erbricht ein Hund ziemlich schnell, nachdem er Gras aufgenommen hat. Manchmal geht das Gras auch erst mit dem Kot ab, meist mit übelriechendem Durchfall. Wiederholtes Grasfressen und Erbrechen innerhalb weniger Stunden ist ein Anzeichen für eine sehr ernste Erkrankung oder für einen Fremdkörper im Magen oder Darm. Dann heißt es, den Hund schleunigst zum Tierarzt zu bringen!

Weshalb vergräbt mein Hund Brotstücke?

Unser Tibet-Terrier Henry hat eine komische Angewohnheit. Meine Mutter gibt ihm immer das trockene Endstück vom Brot. Manchmal frißt er es sofort, aber oft buddelt er es im Garten ein oder versteckt es in der Diele. Später holt er das Brot wieder und frißt es. Warum vergräbt er es dann erst?

Valerie, 10 Jahre

Liebe Valerie!

Dein Hund Henry legt sich gern einen Vorrat an. Der Grund für dieses Verhalten ist ein alter Instinkt. Wildhunde und andere Raubtiere fressen von frisch geschlagener Beute, bis sie satt sind oder nichts mehr da ist. Wenn etwas übrigbleibt, wird es als Reserve vergraben, damit keine anderen Tiere es wegfressen können. Selbst Hunde, die ziemlich verfressen sind, heben sich manchmal ein festes Stück Futter auf. Manche graben nicht gern in der Erde, sondern verstecken es lieber in der Wohnung, zum Beispiel unter der Couch oder in den Ritzen eines Sessels. Es kann auch sein, daß sich ein Hund gleich mehrere „Vorratskammern" einrichtet.
Laß Deinen Hund also ruhig weiterhin das Brot vergraben, er verhält sich ganz normal. So kann er auch noch ein bißchen selbst entscheiden, wann er etwas fressen möchte. Ansonsten bestimmt ja immer der Mensch für ihn – nicht nur die Art und die Menge des Futters, sondern auch den Ort und den Zeitpunkt, zu dem er es bekommt.

Wie gewöhne ich meinem Hund das Betteln ab?

Mein Hund ist zwei Jahre alt und heißt Wuschel. Er frißt alles, was er bekommen kann. Jetzt hat die Tierärztin gesagt, daß er viel zu dick ist und unbedingt abnehmen muß, weil er sonst krank wird. Wuschel guckt mich aber immer so treuherzig an, wenn er etwas haben will. Was soll ich bloß machen?

Heidelore, 11 Jahre

Liebe Heidelore!

Ein so junger Hund wie Wuschel dürfte eigentlich noch überhaupt kein Fett angesetzt haben. Es muß deshalb erst einmal ausgeschlossen werden, daß er beispielsweise an einer Stoffwechselstörung leidet.
Ansonsten mußt Du Dein eigenes Verhalten ändern. Sag Dir immer wieder vor, daß Dein Hund sehr krank wird, wenn er nicht umgehend abspeckt. Wenn Wuschel Dich anschaut, um einen Leckerbissen zu erbetteln, streichelst Du ihn einfach, statt ihm etwas zu fressen zu geben. Wenn er sich damit nicht zufriedengibt, sag fest „Nein!" und wende Dich von ihm ab. Er wird dann bald merken, daß sein Betteln nichts mehr nützt.
Vermutlich liegt es aber nicht nur an den „Zwischenmahlzeiten", sondern auch die Futterrationen sind viel zu groß. Am besten sprichst Du mit der Tierärztin darüber, was und wieviel Dein Hund insgesamt an Futter bekommt. Sie kann Dir dann genau sagen, wie groß die Portionen ab sofort noch sein dürfen.
Um Wuschel vom vielen Futterbetteln abzulenken, sollte er auch ausreichend Abwechslung haben.

Muß ein Fasttag wirklich sein?

Wir haben einen Schäferhund namens Rex. Einmal in der Woche bekommt er kein Futter. Mein Vater sagt, daß das sein muß, damit Rex nicht zu dick wird. Mir tut Rex aber immer leid. Darf ich ihm dann wirklich nichts geben?

Imke, 10 Jahre

Liebe Imke!

Es schadet einem sonst gut genährten Hund nicht, wenn er an einem Tag in der Woche nichts zu fressen bekommt. Du solltest Rex wirklich nicht heimlich etwas zustecken. Das würde auch den Futterplan durcheinanderbringen, den Dein Vater sicher für ihn aufgestellt hat. Fasten kann die Abwehrkräfte des Körpers gegen Krankheiten stärken. Es bekommt aber nur erwachsenen, gesunden Hunden. Eine Hündin, die Junge bekommt oder säugt, darf ebensowenig zum Fasten gezwungen werden wie ein Hund, der besondere Leistungen erbringen muß – etwa als Hirtenhund. Erwachsene Besitzer können gut gemeinsam mit ihrem Hund einen regelmäßigen Fasttag einhalten. Ein Fasttag nützt einem Hund allerdings nichts, wenn man ihm an den anderen sechs Tagen der Woche zuviel und zu nahrhaftes Futter vorsetzt!
Zwölf- bis vierundzwanzigstündiges Fasten kann übrigens auch aus anderen Gründen notwendig sein. Das ist zum Beispiel vor einer Operation der Fall, vor einer Reise, wenn der Hund leicht reisekrank wird, oder wenn er sich den Magen verdorben hat.

Warum fängt mein Hund Mäuse?

Unser Schnauzermischling Blacky ist eigentlich ein lieber Kerl. Nur daß er Mäuse fängt, mag ich nicht so an ihm. Ich möchte ihm das gerne abgewöhnen. Geht das überhaupt?

Anja, 11 Jahre

Liebe Anja!

Schnauzer gehören zu den Rassen, die eine starke Veranlagung zum Mäusefang haben. Diese Eigenschaft kommt auch bei Mischlingen zum Vorschein. Solche Hunde können wie Katzen dazu beitragen, daß das Mäusevolk nicht überhandnimmt. Auch sonst besteht an sich kein Grund, einem Hund das Mäusefangen abzugewöhnen. Das dürfte überdies ziemlich schwierig sein!
Vielleicht tut Dir die Maus leid, wenn Euer Hund sie fängt und tötet. Aber bedenke, daß er – wie Du selbst – ja auch sonst regelmäßig Nahrung bekommt, die von geschlachteten Tieren stammt. Manche Leute ekeln sich, wenn ein Hund vor ihren Augen eine Maus frißt. Aber man muß ihm ja nicht unbedingt dabei zuschauen.
Probleme kann es jedoch dann geben, wenn die Mäuse aus einem Gebiet stammen, in dem auf die Felder starke Pflanzenschutzgifte ausgebracht worden sind. Mit diesen Giften können auch die Mäuse verseucht sein! Am besten meidet man solche Gegenden völlig.
Aufpassen muß man bei Mäusefängern wie Blacky auch noch in anderer Hinsicht. Sie sehen nämlich oft auch Meerschweinchen und ähnliche Kleintiere als Mäuse an und versuchen sie zu erbeuten!

Wieso streiten sich Hunde um Knochen?

Meine Hündin Mella und der Hund von meiner Freundin sind ganz dicke Freunde. Sie kuscheln sich zum Schlafen zusammen und trinken und fressen aus dem gleichen Napf. Aber wenn man ihnen Kalbsknochen zum Abnagen gibt, knurren sie sich gegenseitig an und fletschen manchmal sogar die Zähne. Das verstehen wir nicht.

Sigrid, 13 Jahre

Liebe Sigrid!

Vermutlich bekommen die Hunde normalerweise Fertignahrung. Die ist so verarbeitet, daß sie nicht mehr nach frischem Fleisch riecht. Aber auch bei feuchterem Futter aus der Dose muß es nicht unbedingt Streit geben, wenn sich die Hunde gut vertragen. Denn das Dosenfutter ist meist zu kleinen Stückchen verarbeitet. Ein größeres Stück Fleisch oder eben ein Knochen ist aber etwas, was ein Hund leichter als sein alleiniges „Eigentum" ansehen kann. Bei solchen Dingen hat fast jede Freundschaft unter Hunden ihre Grenzen. Schon aufgrund des Geruchs, aber auch durch die Größe des Fleischstückes kommt da der alte Instinkt der Vorfahren durch: Es wird zwar gemeinsam gejagt, aber beim Fressen ist sich jedes Tier erst einmal selbst das nächste.
Stark zerkleinertes Futter erinnert einen Hund möglicherweise auch an das Futter, das Wildhunde nach der Jagd wieder auswürgen, um es an die Welpen zu verfüttern. Vielleicht fühlen sich Hunde bei solchem Futter kindlicher und sind deshalb auch friedfertiger.

GESUNDHEIT UND MEDIZIN

Fast jeder Haushund bekommt im Verlauf seines Lebens mehrmals einen Tierarzt zu sehen. Der Grund dafür muß nicht immer in bereits eingetretenen Erkrankungen oder in Verletzungen liegen. Auch Impfungen, die man regelmäßig als vorbeugende Maßnahmen vornehmen lassen sollte, machen einen Besuch beim Tierarzt notwendig. Für gründliche Untersuchungen und für Operationen besitzen die meisten Tierärzte moderne Röntgen- und Narkosegeräte. Sogar Ultraschalluntersuchungen sind bereits möglich. Bei schwierigen Eingriffen kann es notwendig sein, einen Hund in eine speziell ausgerüstete Tierklinik zu bringen.
Manche Hundebesitzer suchen das Heil ihres Hundes nicht beim Tierarzt, sondern bei einem Tierheilpraktiker, der Naturheilverfahren anbietet. Diese Berufsbezeichnung ist aber nicht gesetzlich geschützt, sie sagt deshalb nichts über den Ausbildungsweg des Heilpraktikers aus. Heilerfolge sind allerdings dennoch nicht ausgeschlossen. Im übrigen haben manchmal auch die einzelnen Tierärzte über die richtige Behandlungsmethode verschiedene Meinungen.

Was bedeutet Quarantäne?

Meine Freundin und ihre Eltern haben aus Italien einen Hund mitgebracht, der ihnen dort zugelaufen ist. Sie waren an ihrem Urlaubsort bei einem Tierarzt, damit der Hund nicht in Quarantäne mußte. Was heißt das eigentlich?

Eldra, 11 Jahre

Liebe Eldra!

Quarantäne bedeutet soviel wie Isolierung. Menschen und Tiere müssen bei gefährlichen ansteckenden Erkrankungen isoliert untergebracht werden, damit die Krankheit möglichst nicht weiter verbreitet wird.
Bei der Einfuhr in ein Land kann Quarantäne vorgeschrieben werden, wenn der Verdacht auf eine ansteckende Krankheit besteht. Die Quarantäne muß etwa so lange eingehalten werden, wie es erfahrungsgemäß von der Ansteckung bis zum Ausbruch der vermuteten Krankheit dauert. Die Quarantäne kann entfallen, wenn eine geeignete Schutzimpfung vorgenommen wurde.
Einige Länder schreiben grundsätzlich eine Quarantäne von sechs Monaten für Säugetiere vor, unabhängig davon, ob ein Impfschutz besteht oder nicht. Die Einfuhr von Tieren wird dadurch sehr erschwert.
Bei der Einfuhr in die Bundesrepublik mußte für den Hund Deiner Freundin vermutlich nur ein Impfpaß und das Gesundheitsattest eines italienischen Tierarztes vorgelegt werden, worin bestätigt wird, daß der eingeführte Hund keine ansteckenden Krankheiten hat.

Wogegen muß ein Hund geimpft werden?

Wir haben einen kleinen Hund in Pflege genommen. Jetzt ist seine Besitzerin gestorben, und wir wollen ihn behalten. Der Tierarzt sagt, wir sollten ihn vorsorglich impfen lassen, weil man keinen Impfpaß gefunden hat. Welche Impfungen sind wirklich wichtig?

Julia-Mareike, 13 Jahre

Liebe Julia-Mareike!

Impfungen sind heute gegen mehrere sehr gefährliche Erkrankungen möglich, von denen einige tödlich verlaufen. Mit Medikamenten sind Viren und Bakterien oft nur schwer zu bekämpfen. Deshalb sollte man unbedingt von der Impfmöglichkeit Gebrauch machen.
Virusinfektionen beginnen meist mit Fieber und Mattigkeit. *Staupe* befällt vor allem Welpen und Junghunde. Innere Organe und das Gehirn können durch diese Krankheit schwer geschädigt werden. *Parvovirose* führt oft zum Herztod oder hinterläßt schwere Herzschäden. Bei *Hepatitis* wird die Leber geschädigt.
Das *Tollwut*virus kann auch für Menschen gefährlich werden. *Virushusten* wird durch verschiedene Viren hervorgerufen, zu denen sich dann oft noch Bakterien gesellen. *Leptospirose (Stuttgarter Hundeseuche)* ist ein Sammelbegriff für bakteriellen Befall vor allem der Nieren.
Die Impfstoffe gegen all diese Infektionen können einzeln oder kombiniert verabreicht werden. Damit die Schutzwirkung erhalten bleibt, müssen die Impfungen jährlich wiederholt werden.

Wann hat ein Hund Fieber?

Muckel, unsere Dackelin, bekommt beim Autofahren immer eine heiße Nase. Mein Vater sagt, sie regt sich nur auf. Ich denke aber immer, Muckel hat Fieber. Kann das sein?

Christina, 10 Jahre

Liebe Christina!

Bei gesunden, erwachsenen Hunden liegt die normale Körpertemperatur zwischen 37,5 und 38,5 Grad Celsius. Bei kleinen Hunden wie Deinem Dackel Muckel geht man von einer Normaltemperatur bis 39 Grad Celsius aus. Wenn Muckel sich aufregt, kann der Wert kurzfristig etwas darüber liegen. Das ist kein Anlaß zur Sorge. Von Fieber spricht man erst, wenn die erhöhte Körpertemperatur längere Zeit anhält.
Eine warme Nase und erwärmte Pfotenballen allein besagen auch noch nichts Genaues. Ob ein Hund Fieber hat, steht erst fest, wenn man die exakte Körpertemperatur kennt. Man mißt sie mit einem normalen Fieberthermometer im After.
Fieber ist immer das Anzeichen für eine Erkrankung. Dabei kann die Körpertemperatur im Verlauf eines Tages fallen, sich aber am nächsten Tag bereits wieder erhöhen. Manchmal treten anfangs keine weiteren Symptome auf. Trotzdem sollte man bei einem fiebernden Hund umgehend den Tierarzt verständigen.
Andererseits hat ein Hund nicht bei jeder Erkrankung Fieber. Eine kalte Nase ist deshalb kein eindeutiger Hinweis, daß ein Hund rundum gesund ist!

Muß man Hunde regelmäßig entwurmen?

Unsere zwei Bassets sind auf Würmer untersucht worden. Im Kot wurde nichts gefunden, aber der Tierarzt will nochmals eine Kotuntersuchung machen. Bringt das denn etwas?

Andrea, 13 Jahre

Liebe Andrea!

Wohl zu Recht will Dein Tierarzt genau feststellen, ob, womit und wie stark Deine Hunde verwurmt sind. Wenn in der ersten Kotprobe kein Wurmbefall nachgewiesen wurde, besagt das noch nicht, daß der Hund wurmfrei ist. Eine zweite Untersuchung nach ein paar Tagen kann zu einem ganz anderen Ergebnis führen. Denn Larven und junge Würmer bleiben oft im Körper ihres „Wirtes" angesiedelt, während Wurmeier nur in Abständen produziert und ausgeschieden werden.
Würmer und ihre Larven können sich in jedem Körperbereich einnisten, also in sämtlichen Organen einschließlich der Augen und der Haut, in der Muskulatur, im Darm, in den Milchdrüsen und auch im Gehirn.
Überall richten sie schwere Schäden an. Durch eine starke Verwurmung kann ein Hund unheilbar erkranken. Außerdem besteht eine ständige Ansteckungsgefahr auch für Menschen.
Mit Medikamenten kann regelmäßig und gezielt verhindert werden, daß die Würmer sich vermehren. Es ist also sowohl im Interesse Deiner Hunde wie auch Deiner Familie, der Empfehlung des Tierarztes zu folgen.

Was kann man gegen Flöhe tun?

Der Hund von unseren Nachbarn sieht ein bißchen ungepflegt aus, aber unsere Hündin spielt sehr gern mit ihm. Kann er sie mit Flöhen anstecken? Wenn ja, was kann man dagegen tun?

Karsten, 12 Jahre

Lieber Karsten!

Flöhe kann sich ein Hund überall zuziehen. Besonders leicht bekommt er sie natürlich von einem anderen Hund, der bereits von ihnen heimgesucht wird. Ein eindeutiger Beweis für Flohbefall ist der schwarze, krümelartige Flohkot, den man vor allem in Hautfalten finden kann. Aber auch das Verhalten des Hundes kann auf Flöhe aufmerksam machen. Wenn sich Dein Hund immer wieder wie wild selbst beißt, kratzt und scheuert, dann hat ihn sehr wahrscheinlich ein Floh gebissen. Meist bleibt es nicht bei einem dieser Parasiten. Nach jedem Biß saugt der Floh Blut, bis zum 20fachen seines Eigengewichts. Gefährlich daran ist, daß durch die Bißstellen schädliche Bakterien, Viren und Pilze in die Haut und in die Blutbahn gelangen können. Außerdem kann sich der Hund mit einem Bandwurm infizieren, wenn er einen Floh mit den Zähnen fängt und zerknackt.
Vorbeugend gegen Flohbefall hilft außer Sauberkeit ein Ungezieferhalsband für den Hund. Ist der Hund bereits befallen, muß man ein Flohvernichtungsmittel einsetzen. Der Hund wird damit gebadet oder eingepudert. Aber auch alle Plätze, an denen der Hund sich aufhält, müssen mit dem Mittel behandelt werden.

Warum erbricht mein Hund?

In der letzten Zeit hat unsere Hündin Sandy ein paarmal ihr Futter erbrochen. Aber bevor wir es entfernen konnten, hat sie das Gespuckte wieder aufgefressen. Ist das denn normal?

Petra, 12 Jahre

Liebe Petra!

Der Magen und der Schlund von Hunden sind so eingerichtet, daß die Tiere sich leicht erbrechen können. Wildhunde würgen nach einer Jagd häufig große Fleischstücke an einem geschützten Ort wieder hervor, um sie in Ruhe zu zerkleinern und nochmals zu fressen. Ein Teil der gefressenen Nahrung wird auch für die Jungen des Rudels wieder ausgewürgt.
Bei Hündinnen kann man dieses Verhalten manchmal einige Zeit nach der Läufigkeit beobachten, etwa dann, wenn sie natürlicherweise Junge hätten. Dies könnte vielleicht bei Deiner Sandy der Fall sein. Hunde erbrechen Nahrung gleich nach der Aufnahme, aber auch, wenn sie zu rasch gefressen haben oder das Futter sich im Magen ballt. Daß Dein Hund das Erbrochene wieder frißt, ist eher ein Zeichen dafür, daß die Ursache für das Erbrechen harmlos ist. Sicher ist dies allerdings nicht. Du solltest überlegen, ob sich in der Fütterung etwas geändert hat, etwa die Futterzusammenstellung. Vielleicht frißt ja auch ein weiteres Haustier in der Nähe des Hundes und veranlaßt Sandy, schneller als bisher zu fressen?
Wenn das Erbrechen anhält, solltest Du mit Sandy auf jeden Fall zum Tierarzt gehen!

Was ist Ohrenzwang?

Ich war neulich mit meiner Freundin beim Tierarzt, weil ihr Hund immer den Kopf geschüttelt hat. Der Tierarzt hat gesagt, daß Wanda Ohrenzwang hat. Sie muß jetzt jeden Tag Salbe ins Ohr bekommen. Was ist Ohrenzwang genau?

Valerie, 11 Jahre

Liebe Valerie!

Als Ohrenzwang bezeichnet man Entzündungen des äußeren Gehörgangs beim Hund. Sie können verschiedene Ursachen haben: Ohrenschmalz, das sich in dem feuchtwarmen Ohr leicht zersetzt; Fremdkörper wie beispielsweise Getreidespelzen, Staub und Schmutz oder Seifenreste vom Baden. Der Gehörgang wird durch all diese Faktoren gereizt und entzündet sich, wenn das Ohr nicht gereinigt wird. Der Hund spürt einen immer stärker werdenden Juckreiz. Er versucht ihn zu lindern, indem er die Ohren schüttelt, sich mit den Pfoten am Ohr kratzt oder den Kopf am Boden reibt.
Es war richtig, mit Wanda zum Tierarzt zu gehen. Wenn man sich nämlich nicht um den Ohrenzwang kümmert, kann es zu schweren Vereiterungen des Gehörgangs kommen. Das Trommelfell kann reißen und der Hund sogar ertauben! Eine besondere Form des Ohrenzwangs ist die Ohrräude. Sie wird meist von Milben verursacht, die sich im äußeren Gehörgang einnisten. Ohrräude ist sehr ansteckend.
Mittel zum Ohrreinigen und -behandeln sollte man sich ausschließlich vom Tierarzt geben lassen.

Ist Zwingerhusten gefährlich?

Neulich bin ich mit unserem White-Highland-Terrier in einen Platzregen gekommen. Dale war patschnaß. Am nächsten Tag hat er zu husten angefangen. Der Tierarzt hat gesagt, daß Dale Zwingerhusten hat. Ist das schlimm?

Ronnie, 10 Jahre

Liebe Ronnie!

Zwingerhusten ist eine akute Entzündung der Luftröhre und der Bronchien, also ein Art Bronchitis. Sie wird durch Viren hervorgerufen. Vielleicht ist Dale durch den Regenguß tatsächlich stark ausgekühlt. Er kann sich aber bereits davor bei anderen Hunden angesteckt haben, und das Naßwerden war nur noch der Auslöser.

Zwingerhusten ist stark ansteckend. Typisch für die Krankheit ist der trockene, „bellende" Husten. Dazu kommen häufig Fieber, Freßunlust und starker Durst, manchmal auch eine Bindehautentzündung und Durchfall. Sicher hat Dir der Tierarzt gesagt, daß Dale bis zum Abklingen der Krankheit nicht mit anderen Hunden zusammenkommen darf. Darauf muß man vor allem beim Spaziergang achten, denn Auslauf braucht selbst ein hustenkranker Hund, wenn auch eingeschränkt.

Möglicherweise werden bei Dale durch die Erkrankung Abwehrstoffe gegen eine erneute Ansteckung gebildet. Einen sicheren Schutz davor bietet jedoch nur eine Impfung. Geimpft werden kann allerdings erst, wenn der Hund wieder völlig gesund ist.

Woher kommt eine Scheinträchtigkeit?

Meine Terrierhündin ist schon zweimal scheinträchtig geworden. Sie hatte ein richtiges Euter und hat Tennisbälle unter ihren Bauch geschoben. Der Tierarzt hat uns geraten, daß wir sie operieren lassen sollen. Ist das wirklich ratsam?

Simone, 13 Jahre

Liebe Simone!

Eine Scheinträchtigkeit kann nach der Läufigkeit bei einer nicht gedeckten Hündin auftreten. Die Hündin bekommt dann zuerst einen runden Bauch und später ein dickes Gesäuge, manchmal sogar mit richtiger Milch. Den Abschluß bildet die Scheinmutterschaft: Die Hündin besorgt sich „Ersatzwelpen", meist Dinge mit fellähnlicher Oberfläche, und umsorgt sie wie echte Hundebabys. In der Regel geben sich die Symptome nach ein bis zwei Wochen – bis zur nächsten Hitze oder bis die Hündin erfolgreich gedeckt wird.
Die Scheinträchtigkeit ist eine Ersatzreaktion für die nicht erfolgte echte Trächtigkeit. Sie kann problematisch werden, denn die Gebärmutterwände verdicken sich, und es wird Nährflüssigkeit produziert, die nicht abgebaut wird. Oft nisten sich Bakterien ein und rufen Vereiterungen hervor, die die Hündin in einen lebensbedrohlichen Zustand bringen können.
Deshalb empfehlen Tierärzte besonders dann, wenn eine Hündin schon mehrmals scheinträchtig war, eine Kastration, also die völlige Entfernung der Gebärmutter. Die Hündin kann dann aber keine Jungen mehr bekommen.

Was ist eine Dysplasie?

Weil unser Schäferhund Astor immer wieder hinkt, will meine Mutter jetzt mit ihm zum Tierarzt und ihn röntgen lassen. Sie meint, daß es etwas mit der Hüfte zu tun hat, ich weiß aber das Wort nicht mehr genau. Kann es etwas Gefährliches sein?

Tina, 11 Jahre

Liebe Tina!

Vermutlich hat Deine Mutter von einer Hüftgelenks-Dysplasie gesprochen. Die gebräuchliche Abkürzung ist „HD". Diese Krankheit kommt bei größeren Rassen leider öfters vor. „Dysplasie" heißt Mißbildung. Besonders eine Hüftgelenksmißbildung wird häufig weitervererbt. Man bemerkt sie bei vielen Hunden aber erst, wenn sie schon ein paar Jahre alt sind. Eine Dysplasie kann auch durch Überbeanspruchung entstehen.
Durch die Mißbildung entzündet sich das Hüftgelenk. Der Hund hat dann Schmerzen und lahmt deswegen. Anfangs geht die Entzündung meist wieder zurück, wenn der Hund eine Weile geschont wird. Allmählich wird sie jedoch chronisch. Im schlimmsten Fall kann sich der Hund wegen der starken Mißbildung und der Schmerzen überhaupt nicht mehr rühren!
Eine Hüftgelenks-Dysplasie kann man nicht heilen. Ihr Fortschreiten kann aber durch Medikamente und Bewegungseinschränkung zumindest verlangsamt werden.
Eine Lahmheit kann aber auch andere Ursachen als eine HD haben. Auf jeden Fall ist es richtig, Astor bald einem Tierarzt vorzustellen!

Kann ein Hund auf drei Beinen laufen?

Unser Mäxchen, ein schwarzgrauer Schnauzermischling, ist vor ein Auto gelaufen. Der Arme ist jetzt schon zweimal operiert worden. In der Tierklinik hat es geheißen, daß man ihm eventuell ein Hinterbein amputieren muß. Kann er dann überhaupt noch laufen?

Dirk, 12 Jahre

Lieber Dirk!

Eine Amputation, also die operative Entfernung eines Körperteils, nimmt auch ein Tierarzt nur als letzten Ausweg vor. Es kommt vor allem bei Unfällen mitunter zu komplizierten Brüchen, die nicht richtig heilen. Manchmal entsteht dann der gefürchtete Wundbrand. Dabei stirbt Gewebe ab, weil es nicht mehr durchblutet wird. Es wird von Faulbakterien befallen, die auch auf noch gesunde Bereiche übergreifen können. Dann wird eine Amputation unumgänglich, wenn man das Tier am Leben erhalten will.
Hunde gewöhnen sich im allgemeinen recht gut an den Verlust einer Gliedmaße. Das kann man auch an Hunden beobachten, die vorübergehend einen Lauf wegen einer Verletzung nicht benutzen können. Für schwere Hunde ist es jedoch weitaus anstrengender, nur noch auf drei Beinen zu laufen, als für Leichtgewichte. Wie gut sich ein beinamputierter Hund später bewegen kann, hängt auch von sonstigen Gesundheitsschäden ab.
Deinem Mäxchen wünsche ich jedenfalls von Herzen gute Besserung!

Wie wird ein Hund eingeschläfert?

Ich bin sehr, sehr traurig, weil unser Rauhhaardackel Tinka eingeschläfert werden mußte. Sie hat wahrscheinlich irgendwo Rattengift erwischt und ist davon so krank geworden, daß man ihr nicht mehr helfen konnte. Ich möchte nur wissen, ob sie beim Einschläfern leiden mußte!

Daniel, 13 Jahre

Lieber Daniel!

Deine Traurigkeit kann ich gut verstehen und nachfühlen. Doch der Tierarzt hat Deinem Hund wenigstens noch zu einem ruhigen Tod verhelfen können. Die heutigen Methoden des Einschläferns sind schnell, sicher und absolut schmerzlos. Das Einschläfern ist in jedem Fall besser, als einen Hund langsam und qualvoll „von selber“ sterben zu lassen.
Meist spritzt der Tierarzt zuerst ein Beruhigungsmittel und dann eine Überdosis eines Narkosemittels. Innerhalb weniger Sekunden fällt der Hund entspannt in einen schlafähnlichen Zustand. Gleich darauf hört das Herz zu schlagen auf. Der Hund ist in den Tod hinübergeglitten, ohne noch Schmerzen zu verspüren.
Es ist ganz natürlich, daß wir große Trauer empfinden, wenn ein geliebtes Tier stirbt. Ein hoffnungslos krankes oder verletztes Tier auf schmerzfreie Weise töten zu lassen, ist jedoch der letzte Dienst, den wir ihm erweisen können. Wir sollten es tun, um ihm unnötige weitere Leiden zu ersparen.

SPORT UND ARBEIT MIT HUNDEN

Seit mehr als 12000 Jahren werden Hunde vom Menschen für seine Zwecke und Bedürfnisse genutzt und dabei nur allzuoft mißbraucht.
In allen alten Kulturen stellte man Götter oder gottähnliche Wesen in Hundegestalt dar. Aber Hunde wurden Göttern auch geopfert, etwa für eine gute Ernte oder um böse Geister fernzuhalten. Hunde starben in Kriegen, in denen sie unter anderem für Sanitäts- und Meldedienste, aber auch für den direkten Angriff auf Menschen einsetzt wurden. Hunde beschützen Familien und deren Eigentum, sie transportieren Güter und Menschen. Man setzt sie zur Suche nach hilflosen und nach kriminellen Menschen ein, und sie retten Leben oder erleichtern behinderten Menschen den Alltag. Es gibt aber leider auch Hunde, die eines abartigen Nervenkitzels wegen in Arenen auf Artgenossen oder auf andere Tiere gehetzt werden.
Zahllose Hunde leiden und sterben in Forschungsinstituten von Hochschulen, in Versuchslabors der Pharmaindustrie oder in Testeinrichtungen des Militärs – teils auch dafür, daß andere Hunde medizinisch bestmöglich versorgt werden können. Keine andere Tierart ist mit dem Haushund vergleichbar – weder in seiner Wesens- und Ausdrucksart noch in seiner vielseitigen Nutzung.

Was ist eine Begleithundeprüfung?

Der Vorbesitzer unseres Hundes hat gesagt, daß Wuschel eine Begleithundeprüfung abgelegt hat. Was ist das denn genau?

Sigrid, 12 Jahre

Liebe Sigrid!

Du kannst Dich freuen, daß Dein Wuschel eine solche Schulung absolviert hat! Du kannst aber ohne weiteres auch selber nochmals mit ihm daran teilnehmen.
Die Schulung zum Begleithund ist eine sehr vernünftige Sache. Es kann – und sollte – grundsätzlich jeder Hund einen solchen Kurs besuchen. Die Ausbildung ist bei jeder normalen Hundeschule möglich. Sie schließt mit einer Prüfung ab, die bei einigen Verbänden sogar Voraussetzung für die Schulung zum Schutzhund ist.
Die Hunde lernen in der Ausbildung zum Begleithund Gehorsam für den Alltag. Hier ein paar Beispiele aus dem Lernprogramm: Setzen und Sitzenbleiben, auch wenn der Hund abgelenkt wird; Ablegen und Liegenbleiben bis zum Abrufen; unbefangenes Verhalten, wenn der Hund anderen Hunden, einer Gruppe von Passanten oder Radfahrern begegnet; Leinenführigkeit, also an der Leine gehen, ohne zu ziehen und zu zerren; Freifolgen, also ohne Leine bei Fuß gehen und bleiben, auch wenn beispielsweise ein schußartiges Geräusch fällt.
Die Kurse dauern durchschnittlich sechs bis zwölf Wochen bei zwei bis drei Unterrichtsstunden pro Woche. In der Regel sind sie auch für schmale Geldbörsen erschwinglich.

Kann ich bei Agility mitmachen?

In der Zeitung stand vor kurzem etwas über einen Hundesport, der Agility heißt. Ich würde mich dafür interessieren, mit unserem Dobermann-Jagdhund-Mischling diesen Sport zu betreiben. Wo kann ich mich hinwenden?

Brigitta, 11 Jahre

Liebe Brigitta!

„Agility" kommt aus dem Englischen und bedeutet soviel wie „Behendigkeit". In Großbritannien ist unter diesem Namen eine Fitneßbewegung für Mensch und Hund entstanden, die sich inzwischen auch bei uns ausgebreitet hat. Kern der Sache ist ein Parcours, den Hund und Mensch gemeinsam bewältigen müssen. Diese Hindernisbahn enthält beispielsweise Stangen, um die man im Zickzack laufen muß, und Hürden, über die der Hund springt. Allerdings sind bei den Agility-Clubs nur Rassehunde zugelassen.
Einige deutsche Hundesportvereine führen ähnliche Programme schon seit längerer Zeit unter dem Oberbegriff „Breitensport" durch. Die meisten dieser Vereine sind nicht auf bestimmte Rassen beschränkt. Dort wird beispielsweise Hindernislauf in der Halle ebenso angeboten wie Geländelauf. Teils gibt es auch kombinierte Wettkämpfe mit mehreren Disziplinen.
Fast immer wird allerdings erwartet, daß die Hunde bereits die Begleithundeprüfung absolviert und bestanden haben. Am besten wendest Du Dich fürs erste an Vereine an Deinem Wohnort.

Darf ich meinen Hund einspannen?

Unser Leonberger Welkie ist ein prima Kumpel. Wir nehmen ihn überall hin mit. Eine Bekannte meinte, wir könnten ihn doch vor ein Wägelchen spannen, dann könnte er meine kleine Schwester ziehen. Darf man das denn?

Cornelia, 12 Jahre

Liebe Cornelia!

Grundsätzlich ist nichts dagegen einzuwenden, daß man einen Hund vor ein Gefährt spannt. Du brauchst nur an die Schlittenhunde zu denken! Hunde waren bei uns jahrhundertelang die Zugtiere der einfachen Leute. Sie haben alle möglichen Frachten gezogen, Kinder ebenso wie bäuerliche Erzeugnisse oder Händlerwaren. Der Tierschutz kam dabei allerdings oft zu kurz.

Um den Hund nicht zu überfordern, darf das Zuggefährt samt Fracht nicht zu schwer sein. Das Zuggeschirr muß passen und in ordentlichem Zustand sein, so daß es nirgends reibt oder drückt. Der Hund muß so eingespannt sein, daß ihn das Gefährt nicht überrollen kann. Und zumindest auf öffentlichen Wegen und Straßen muß er von einer zuverlässigen Person an der Leine geführt werden, um Unfälle zu vermeiden. Natürlich darf man den Hund nicht hetzen und ihn keine schweren oder überlangen Strecken im Gespann gehen lassen.

Vielleicht hat ja jemand in Eurem zuständigen Leonberger-Club bereits Erfahrung im Einspannen. Du solltest Dir von einem Fachmann mit Rat und Tat weiterhelfen lassen, um Welkie hundegerecht als Zugtier einzusetzen!

Wie bringe ich meinem Hund Kunststücke bei?

Meine Hündin heißt Patsy. Sie ist ein Zwergpudel und meine beste Freundin, seit ich mit meinem Vater allein lebe. Patsy ist lieb und lustig. Meinen Sie, ich könnte ihr ein paar witzige Kunststücke beibringen?

Angie, 11 Jahre

Liebe Angie!

Hunde sind von Natur aus lernfähig. Wie bei uns Menschen gibt es aber auch bei Hunden jeweils bestimmte Veranlagungen für recht unterschiedliche Aufgaben.
Wofür Deine Patsy besonders geeignet ist, kann ich aus der Ferne natürlich nicht beurteilen. Vielleicht ist sie ja ein kleines Showtalent, versteckt gern Spielzeug oder springt über Stöckchen – solche Eigenheiten lassen sich durchaus zu kleinen „Kunststücken" ausbauen.
Allerdings braucht man dafür viel Geduld. Der Hund darf niemals den Spaß an der Sache verlieren oder gar bestraft werden, wenn er etwas nicht fertigbringt!
Leider arbeiten Hunde im Zirkus, im Varieté und in ähnlichen Einrichtungen oft nur unter Angst vor Strafe. Häufig müssen sie dort Dinge tun, die ihrem Naturell widerstreben. Orientiere Dich bitte auch nicht an Hunden, die in Filmen mitwirken! Vieles, was so ein Hunde-Schauspieler darstellt, wird durch Tricks erreicht, die man als Zuschauer nicht immer durchschaut.
Wenn Du es aber richtig anstellst, bringt das gemeinsame Lernen und Üben Dir und Patsy sicher einige Abwechslung.

Kann mein Hund Rettungshund werden?

Der Chef meines Vaters hat einen Schäferhund, der als Katastrophenhund ausgebildet ist. Er wurde schon mehrmals bei Erdbeben im Ausland eingesetzt, um Verschüttete zu suchen. Könnte ich mit meinem Hund auch so etwas machen?

Peter, 13 Jahre

Lieber Peter!

Was Katastrophen- beziehungsweise Rettungshunde erlernen, ist ebenso erstaunlich wie bewundernswert. Sie werden ausgebildet zur Vermißtensuche in eingestürzten Gebäuden, in unwegsamem Gelände, in Lawinen und sogar im Wasser. Dazu müssen sie sich unter anderem an stundenlange Flüge gewöhnen und sich samt ihrem Führer von einem Hubschrauber abseilen lassen können!
Für den Rettungsdienst ist nicht nur eine besonders gute Spürnase erforderlich, sondern auch absoluter Gehorsam dem Hundeführer gegenüber. Mut, Ausdauer und Friedfertigkeit werden von einem solchen Hund ebenfalls erwartet.
Doch nicht nur die Hunde durchlaufen eine ein- bis zweijährige Ausbildung. Auch als Hundeführer muß man gründlich geschult werden, etwa in Verschüttetenbergung, im Umgang mit Karte und Kompaß, in Wetterkunde und Trümmerkunde. Und natürlich muß man lernen, den Hund richtig zu führen und anzuleiten.
Jährlich findet eine Wiederholungsprüfung statt. Am besten fragst Du mal beim Chef Deines Vaters nach, ob Du bei einem Training zuschauen darfst.

Warum darf man mit Jagdhunden nicht spielen?

Unser neuer Nachbar hat einen Jagdhund, der oft im Hof herumläuft. Ich wollte neulich mit ihm spielen, aber der Nachbar hat es verboten, weil Rondo ein Jagdhund ist. Warum dürfen die nicht spielen?

Taika, 10 Jahre

Liebe Taika!

Die Ablehnung war sicher eine ganz persönliche Entscheidung des Hundebesitzers. Es gibt an sich nämlich keinen vernünftigen Grund, mit einem Jagdhund nicht zu spielen. Ich vermute, daß es sich bei Deinem vierbeinigen Nachbarn um einen Vorstehhund handelt. Das sind spezielle Jagdhunde zum Aufstöbern und Apportieren von kleinerem Wild. Gerade solche Hunde sind im allgemeinen sehr menschenfreundlich und spielfreudig. Sie lassen sich gern auch von Kindern Bälle oder Stöcke werfen, die sie dann mit Begeisterung apportieren, also zurückbringen. Ihre Tauglichkeit zur Jagd leidet ganz gewiß nicht darunter. Im Gegenteil – das Spielen fördert Intelligenz und Arbeitsfreude auch bei Jagdhunden!
Allerdings mögen es längst nicht alle Hundebesitzer, wenn fremde Kinder sich mit ihrem Hund befassen. Denn falsches Verhalten kann zu Unfällen führen, bei denen sowohl das Kind als auch der Hund zu Schaden kommen können.
Vielleicht kannst Du mit Rondo ja später einmal spielen, wenn die Nachbarsleute Dich ein wenig besser kennen!

Werden Hunde zum Rauschgiftsuchen süchtig gemacht?

Auf unseren Hundeplatz kommt öfters ein Zollbeamter, dessen Hund für die Rauschgiftsuche ausgebildet ist. Ich habe gehört, daß diese Hunde süchtig gemacht werden, damit sie sich an das Rauschgift gewöhnen. Der Mann vom Zoll sagt aber, daß das Unsinn ist. Was stimmt denn?

Elke, 13 Jahre

Liebe Elke!

Ein Drogensuchhund wird mit dem, was er finden soll, nicht selber vergiftet. Solche Gerüchte kommen immer wieder auf. Sie klingen sensationell, und darauf kommt es den Leuten, die sie verbreiten, wohl hauptsächlich an. Wahr ist es aber, daß Rauschgifte nicht zum angeborenen Geruchsbild von Hunden gehören. Dennoch können Hunde auf das Suchen und Aufspüren von solchen Substanzen trainiert werden.
Deshalb lernen Hunde, die für die Drogensuche eingesetzt werden sollen, nur den Geruch von Rauschgiften zu erkennen – sonst nichts. Wie andere Such-, Spür- und Fährtenhunde müssen auch Drogenhunde intelligent genug sein, um ihren Fund dem Hundeführer durch eine bestimmte Haltung oder durch Lautgeben anzuzeigen. Gleichzeitig müssen sie sehr folgsam sein, denn sie dürfen das Gefundene weder (zer)beißen noch fressen.
Sicher wirst Du jetzt selber einsehen, daß ein unter Drogen stehender Hund solche Leistungen nicht erbringen könnte. Das wäre zudem eine absolute Tierquälerei!

Kann man aus Hundehaaren Wolle machen?

Mein Berner Sennenhund Wasti hat ein dichtes langes Fell. Wenn ich ihn kämme, verliert er immer viele Haare. Jetzt habe ich gehört, daß man daraus Wolle machen kann. Wie geht das denn?

Gisela, 14 Jahre

Liebe Gisela!

In manchen Gegenden, beispielsweise in Rußland und bei den Nutka-Indianern in Kolumbien, wurden schon vor langer Zeit außer den Schafen und Kleinkamelen auch die Hunde im Frühjahr geschoren. Die Haare wurden wie Schafwolle gesponnen und zu wärmender Kleidung verarbeitet. Hierzulande wird gelegentlich Maschenmode aus Hundewolle auf Hunde-Ausstellungen gezeigt. Der Rohstoff dafür stammt teils aus Schuren, teils aus ausgekämmten Haaren, die über längere Zeit hinweg gesammelt wurden.

Wenn Du das Haar von Deinem Hund sammeln willst, solltest Du es luftig, aber insektensicher aufbewahren, damit es weder von Schimmel noch von Motten befallen werden kann. Vielleicht bekommst Du ja auch noch Fellhaar von anderen Hunden zusammen! Während des Sammelns kannst Du Dich bereits im Bekanntenkreis nach jemandem umsehen, der strickfertige Wolle aus den Haaren machen kann. Eventuell findest Du auch in einer Hundezeitschrift ein entsprechendes Inserat. Du kannst auch selber einen entsprechenden Kurs etwa bei einer Volkshochschule belegen.

Gibt es noch Blindenhunde?

Mein Opa ist zuckerkrank und sieht ziemlich schlecht. Er kann sogar ganz blind werden, haben die Ärzte gesagt. Vielleicht könnte mein Opa sich dann ja einen Blindenhund anschaffen. Ich kenne aber niemanden, der einen hat. Gibt es denn überhaupt noch Blindenhunde?

Sonja, 11 Jahre

Liebe Sonja!

Blindenführhunde werden auch heute noch ausgebildet. Es ist schon beeindruckend, was ein solcher Hund leisten kann! Er zeigt es dem blinden oder sehbehinderten Menschen zum Beispiel an, wenn auf der Straße parkende Autos, Häuservorsprünge oder Treppen im Wege sind. Selbst vor Hindernissen, die sich in Kopfhöhe des Menschen befinden und die den Hund selber gar nicht stören würden, warnt er. Auch im Haus leistet ein Blindenhund vielseitige Hilfe. Allerdings ist nicht jeder blinde oder stark sehbehinderte Mensch dafür geeignet, einen Führhund zu übernehmen. Auch und gerade Blindenhunde sind keine Automaten, die man nach Gebrauch in eine Ecke stellen kann. Der Blinde muß die Grundbedürfnisse seines Hundes kennen und berücksichtigen.
Blindenhunde werden in besonderen Schulen ausgebildet und dann erst dem Blinden übergeben, der mit ihm zusammen noch eingearbeitet wird. Übrigens gibt es speziell ausgebildete Behindertenhunde auch für andere Bereiche, etwa für Schwerhörige, für bein- und armamputierte Menschen oder für Rollstuhlfahrer.

Wie schnell laufen Hunde bei Wettrennen?

Neulich war ich mit meinem Bruder auf einem Hunderennen. Die Windhunde dort sind auf einer ovalen Bahn gerannt, viel mehr habe ich aber nicht mitbekommen. Können Sie mir noch Näheres über Hunderennen sagen, zum Beispiel wie schnell und wie weit die Rennhunde laufen?

Marike, 12 Jahre

Liebe Marike!

Wie Du schon richtig bemerkt hast, liegt die Rennstrecke bei einem Bahnenrennen auf einem Rund- oder Ovalkurs. Die Renndistanzen betragen zwischen 200 und 900 Meter. Rennen über mehr als 525 Meter gelten als Langstreckenrennen, die nur für die größeren Windhundrassen zugelassen sind. Außerdem darf jeder Hund nur an zwei solchen Rennen pro Tag teilnehmen, aber an mehreren Kurzstreckenläufen. Meist starten die Hunde aus Boxen heraus. Als Lockmittel dient in Deutschland heute ein Fell. Früher waren es lebende Hasen oder Kaninchen. Das ist in einigen Ländern immer noch erlaubt.

Bei uns sind als Windhundrassen anerkannt: Afghanischer Windhund, Azawakh, Barsoi, Deerhound, Galgo Espanol, Greyhound, Irish Wolfhound, Magyar Agar, Saluki, Sloughi, Whippet, Windspiel sowie alle verwandten Rassen wie Cirneco d'ell Etna, Pharaoh Hound und Podencos. Die schnellsten Windhunde, die Greyhounds, erreichen in der Bahn Geschwindigkeiten von über 60 Stundenkilometern!

Kann jeder Hund Schafe hüten?

Neben dem Hof, wo ich reiten gehe, lebt ein Schafbesitzer. Im Sommer geht er immer mit seinen Schafen auf Wanderschaft. Er hat mehrere Hunde, die ganz verschieden aussehen. Ist es egal, was für Hunde man zum Schafehüten nimmt?

Neelke, 11 Jahre

Liebe Neelke!

Bei Hüte- und Hirtenhunden kommt es nicht so sehr auf die Rasse an, sondern auf die Tauglichkeit für die Arbeit. Zwar gibt es eine Reihe anerkannter Hütehundrassen, aber oft züchten die Schäfer nicht nach dem Standard. Viele wählen nach ihren eigenen Vorstellungen die Hunde aus, die sich am besten für diese Arbeit eignen. Bei Hütehunden muß der Jagdinstinkt stark abgeschwächt sein. Sie müssen die Herde als ihr Eigentum betrachten, das sie notfalls verteidigen. Hauptaufgabe ist aber die Hütearbeit, wie sie bei den Wanderschäfern heute noch erforderlich ist. Die Hunde müssen dafür sorgen, daß die Schafe in die richtige Richtung gehen und beieinander bleiben, sie müssen versprengte Tiere zurückholen und vorwitzige bremsen. Oft muß eine Herde über Brücken, durch Engpässe oder über Verkehrsstraßen dirigiert werden.
Der Schäfer verständigt sich mit seinen Hunden durch Ruf-, Pfeif- oder Handzeichen, aber dennoch müssen die Hunde sehr selbständig arbeiten. Außerdem brauchen sie eine gute Kondition und Ausdauer, denn sie sind oft viele Stunden unterwegs.

Dürfen Wachhunde isoliert gehalten werden?

Bei einem Baumarkt in der Nähe gibt es eine Schäferhündin namens Hilka, die das Gelände bewachen soll. Wenn sie am Tag spazierengeführt wird, kann ich Hilka ohne weiteres streicheln. An der Umzäunung des Baumarkts darf man ihr aber nicht zu nahe kommen. Ist das überhaupt erlaubt, daß ein Hund abends und am Wochenende alleine ist?

Carina, 12 Jahre

Liebe Carina!

Das Schicksal von Hilka teilen leider viele Hunde. Dabei geht es noch nicht einmal jedem Wachhund wenigstens so „gut" wie dieser Hündin! Spaziergänge, bei denen er sich entspannen könnte, werden längst nicht jedem Wachhund vergönnt. Vielfach werden solche Hunde zu reinen Alarmgeräten degradiert, an denen nur die Funktion wichtig ist, nicht auch die Bedürfnisse. Oft bekommen die Hunde gerade das Nötigste an Wasser und Futter, und nicht immer haben sie eine warme, trockene und saubere Unterkunft.
Viele Wachhunde sind schwer verhaltensgestört, vor allem wenn sie ständig allein sein müssen. Hunde sind ja Gesellschaftstiere, die Artgenossen und Menschen um sich herum brauchen, um sich wirklich wohl zu fühlen. Außerdem sind sie häufig völlig überfordert, wenn sie wirklich einmal Gangster fernhalten sollen. Manche büßen ihren Dienst mit der Gesundheit oder sogar mit dem Leben! Die meisten Wachhunde kann man deshalb nur bedauern.

DIE AUTORIN

Edel Marzinek-Späth arbeitet als freie Journalistin und Buchautorin. Zu ihren Arbeitsschwerpunkten zählen Veröffentlichungen über Hunde, Katzen und Pferde. Sie hat mehrere Sachbücher und zahlreiche Artikel verfaßt. Unter anderem ist sie Autorin der im Franz Schneider Verlag erschienenen Lexika „Hunde A-Z“, „Katzen A-Z“ und „Pferde A-Z“. Edel Marzinek-Späth hat jahrelang für mehrere Zeitschriften Leserbriefe mit Anfragen zu Tierthemen beantwortet.

SACHREGISTER